她们说

姚皓韵 ◎ 著

上海三联书店

目录

高级购物中心，容貌姣好的女人推豪华童车走在CHANEL门口，身体散发高档香水味道；地铁站人流中，一个人刷完卡笑对同伴："还剩四块六"，另一个看看自己余额："我还有两块八。"

　　你想过哪一种生活？

　　你想过哪种？

　　曾经林果和许宝这么问对方。

　　十年后她们坐在一辆车里，中档车，在北京夜路上开，天很暗，车灯很亮，空气太糟，强雾霾。慢慢有点儿红的民谣歌手在CD里唱歌，歌手挺年轻，一个胖子，唱女子与海滩，有点儿诗人的意思。两个人都不说话，竟慢慢都有种想要流泪的感觉，但没有，克制住了，泪水沾湿了睫毛。这糟糕的天气。

人为什么想流泪呢？反射性还是情感性？也许都有。她们猜自己以前不会，十年后，她们听出了歌声以外的东西，赋予它自己的意义。

就像十年前她们一起看戏，台上那男人死死抱住女主角，歇斯底里的爱情似乎深入骨髓，女主角开始流泪，那男的更大声了。林果和许宝并排坐着，没去看彼此，但用伸在空气里的触角感觉到了——作为文艺女青年的她们热泪盈眶，其中一个甚至哭了，啜泣起来。反射性还是情感性？也许都有。

所以，或许十年前也能听出些什么，人不能因为自己的成熟而否定了年轻。

一

十年前的夏天炽热无比，中国最大城市里地铁只有三条，她们是无数高的矮的美的丑的洋的土的姑娘中面目不清的两个。

许宝贷款买了房，刷妈妈储蓄卡。那是高楼里的大套间，简装，有开放式厨房。好朋友林果来参观，喂，居然在北京有房了，一平米好几千！

那个夏天炽热无比，热力蒸腾起波纹一样的东西，弥漫开，事物在波纹里荡漾，略微扭曲，似幻似真，书上说，一切都是"相",佛家讲的,本来无一物。然而世俗之人,欢快地行走在这样波纹里的两个丫头不会这么想,对吧?

拨开纱帘,从崭新的高楼往外看,北京,大城市,中国最大城市,灰蒙蒙的,透着北方的苍莽,地面上还有很多地方没有拆,所以,也就还有很多地方没有建,陈旧的烟囱、厂房、居民楼,新鲜的纱网、钢架、地基,红红绿绿,方方圆圆,纵横交错,毫无章法,却又让人喜悦,显露出这个既老又新的国家一片繁忙的特质。莫名喜悦,不知道喜悦从何而来地喜悦,生活的图景即将展开,又还没有,这时候最是迷人,人站在边缘、入口,张望、想象,跃跃欲试,却还无法知其究竟,唯一可以确信的是它将美好——必然、肯定。人生还在放广告的时候,未来就和这个城市一样,在时空的波纹里闪动,充满了可能性。

她们赤脚走在釉面砖上,被许宝擦得光亮无比的瓷砖。

"太热了。"林果把 T 恤卷在前胸。

"脱了吧,裸奔。"许宝脱下背心扔在地上。高楼的窗外是另外的高楼,远远的多半没有望远镜。

脱掉脱掉。她们一位拉拉同学说,每次一回到家就愤怒地扯掉胸罩:垃圾!

只有女同志会这样吗?不。

钢托紧压第五根肋骨,憋闷、烦躁,烦爆了,越感觉,它就越存在。没人天生爱那个东西。

许宝毫无顾忌地来回忙碌,毫无顾忌,阳光穿过透明纱帘油油地洒在她娇小的身上，光影起伏，起伏小，但精致。林果又想起一位大胸女同学的话：胸大一点都不好，跑步很疼哒！

"来呀"，许宝在卫生间里擦镜子，擦干净以便欣赏自己，"王翰说，我的脖子像天鹅。"

林果走过去，脚底板感到自己也很轻盈。

"王翰说，我的脖子像天鹅，尤其是他把我悬空在床外时。"爱的初体验让许宝爱上了自己的脖子。

喔，她第一个认真的男朋友，青梅竹马。林果看见这东北军校里的帅哥有娃娃脸大长腿，许宝说，不止，还有性感的小伙子的肩和臀。

她们共同站在卫生间的新镜子前，裸露着，从起初的羞涩躲让到后来的转盼自如，眼睛好明媚啊，分明、透彻，跟一切想象中的美好一致。大白天卫生间很亮，那是她们第一次站在那里，两个年轻姑娘，一切都平滑紧致，又似乎还未完全成熟，像幼兽，皮肤在夏天里发着光。

纱帘拉着，光线还是很强。王翰的胳膊正好能勾在许宝胸口，他从后面环绕着她，温热的暖流从背后袭来。他用大手轻捂她脸，摩挲她的皮肤与睫毛，她轻轻转动，以小脸的曲线回应他的抚摸，透过他的手看到整个房间充斥着朴实而温情脉脉的金线……没有一句诗能够说明缝隙里一刹而逝而又存于记忆的光。

"我爱你。"

又是十年前的记忆。

别说话，不要说话，语言是苍白的东西。几年后黑暗中许宝捂住王翰的嘴。成熟女人的区别是不再喜欢那些虚无的当时当刻自以为是的话，傻话。

王翰很纯，高一暗恋到大二才表白。

恋爱在一个大冬天。白晃晃的大灯照耀着晚间的什刹海溜冰场，冰面上两个叠在一起的影子很长。

"你爱我吗?"关于爱与不爱的问题，年轻时要尽量让它变成话问出口说出口。

他却松开手许宝的手，摆臂滑向灯火阑珊处。她追不上，双脚用力戳在诺大的紧绷的坚固的海面上。

"爱!"轻声应答以后，大长腿溜出好远，来一个漂亮转身，满脸喜悦，眼波荡漾。

"你爱我吗? 有多多多多多爱?"她大声地对他喊，看见自己喷出的白雾。

"爱! 爱到想死!"他攥紧拳头大声回答。

尽量用有仪式感的方式树立记忆中的永恒。

然后就是适度分开与极度想念——王翰留在家乡，即将成为军医。

极度想念，心灵连接肉体地想念，燃烧得即刻想要一个出口，这时候灵魂肉体就会牵着手一起奔跑，奔向那时那刻它们需要的人。出口就在对方身上，他摸索，她也摸索，他的皮肤有种截然不同的光滑，他的构造很奇特，他跟她是不一样的动物。

"告诉我我是你的唯一，唯一唯一唯一！"

"唯一！"

热切的目光相互求索，凝固住，在彼此眼睛里看见一望无际的青春和永不颓丧的热情。

神奇啊，疯了一样。

许宝跟不少男生好过，真真假假那种。男生们有的花有的傻有的控制欲强有的负能量缠身，只有王翰给她踏实而美好的感受——亲近。

对那些露水情缘，许宝真挚地说："我觉得我们不合适，我们性情差别很大，我们看问题的方式差别也大，相信我，不在一起，是对你好，也是对我好，我们在一起最终一定是悲剧，真的。"

对方最终无力反驳。屡试不爽。

她在他们沮丧的目光中走出咖啡馆或其他约会地点，熙攘人群里拨通王翰的电话："我想你了。"

无数年少时光与两个冬天过去了，没人比得上他的帅与纯真。他是她的正牌男朋友。

林果还没谈过，十四岁以来大把时间用于和青春痘战斗，跟日剧、美剧、韩剧厮守，与人的实战几乎没有，所以她的爱情是另一种，充斥着自我想象。

可是，谁说想象就不波澜壮阔，不绚丽多彩？超长待机的青春期，她已在别人的故事里度过了无数轮回，她已在别人的生活里体悟出好多经验，人生不是还在放广告吗？漫长的酝酿与铺垫，不是在为正片做准备吗？等机缘一来，一切就水到渠成啦。

机缘很快就到了，在某个不经意的中午，学校餐馆门帘被掀起，一张从没见过的脸出现在她视线里，那脸越来越近，还向她的同伴投射笑容，问号像细密的气泡从心底翻腾上来，直达面部，她感到青春痘在迅速破灭结痂愈合，嗞嗞作响，林果摸摸自己的脸，用一个瞬间切身体会了"一见钟情"。

横空出世之前，这个人等于没有生存过，生存下来，便霸占了林果大半个世界。此后的日子林果蓬头垢面蜷缩在宿舍两平米床上，把人、事、物翻了个底朝天。那人叫成昊，学院里另一个专业的优秀学生。通常情况下名草更易有主，果然，他不属于林果，他有女朋友。不过这不能阻止他成为她的梦，一个梦如同海市蜃楼般在她心中脑中铺展开来了，热情从平静的海底激荡而起，穿越海面喷薄而出，耀眼无比。

梦的美妙也只有在梦里。眼神的转盼和表情的牵动在想象中被升华得无比美妙，她在心里翻江倒海了一百遍，把言情故事写了一百遍，可那些活动仅仅存在于她心里。缺乏痛下杀手的把握，更重要的是，缺乏痛下杀手的野心，她跟王翰一样，一暗恋就恋好几年。问题是他有女朋友啊，而且还是个漂亮姑娘！林果说。

她的理由在许宝那里就不能成其为理由。

"曾经有一个女人，在阳光特别明媚的午后看见一个陌生男子，那男人有着干净的白衬衫、疏离的态度和她喜欢的声音。于是她心想：我，就要这样的男人。后来那个男人成了她的丈夫和孩子的爹，管他曾经可能是谁的男人！"许宝坚定地告诉她。

挺好的，可是，方法论哪？怎么操作呀？

笨蛋才拘泥于方法论，天生好手不需要。

一切是那么自然而然。王翰用大手轻捂她脸，摩挲她的皮肤与睫毛，她轻轻转动，以小脸的曲线回应他的抚摸，透过他的手看到整个房间充斥朴实而温情脉脉金色的光……

爱情，需要用一种行为来加以确定和巩固，这种行为是本能需求，更是建立于肉体体验之上的精神享受。

但他们太享受了，过度享受。

就像饮食，过度满足之后，灵魂深处会骤生一种无奈的失望与后悔，如同吃火锅吃烤鸭吃披萨吃任何东西吃撑了，本源的快乐超越极致，随之而来的是无边疲惫。肉体麻木精神虚空，悔不当初恨不得再也不要！

晚饭时的许宝与王翰是两座沉重的躯壳，瘫坐在餐厅里，日以继夜的缠绵令他们目光呆滞，空间里有两相生厌的气流在涌动，看不见，感受得到。

许宝翻菜单已经好一会儿了，或者说她没好好看菜，眼神涣散。王翰也是，来来回回的是一条条女人裙子下的腿，他一次次抬头打量这些女人的脸，眼神涣散。许宝不好好看菜但看着王翰呢，爱人的一切被另一人的余光全然承受着，相看两厌的气场胀大了，如同两只气球。

又两条腿过去了，成为戳破气球的腿。

"看什么看！从坐下到现在你看了多少女人？说什么爱我一辈子爱到想死！"纵欲后无法释怀的烦闷终于爆发。

王翰惊讶，继而默不作声。过了很久，才恹恹地解释，他根本不知道那些人长什么样，真的，只是觉得有人来了。

许宝斜眼看他，尝试消化这个解释。显然，她还需要继续学习男人这东西，天生好手刚上路不久。

"看来是腻在一起太久了。"说这句话的时候从指尖到身体的某个地方有痒痒的酥麻感，一种奇特的生理反应。

看到她眼里泛出泪花，他立即从对面来到她身边，抱她，"别生气，小宝，以后不会了。"她就势抓住他的胳膊，愤恨地咬，他的手臂箍紧了，配合着牙齿的力量，箍得好紧啊，继续！来！膀弯和牙齿在角力，膀弯和牙齿也在作无声表态——要在你的心里你的身上留下印记。松开口，俗套的原始游戏结束后，许宝两肋之间藏匿着的压力释放了，错位的心肝五脏回归原处，还附着了感动——感情浓度升级了。

都说爱情是人的气场碰撞产生出来的，碰撞也出现在另一些地方。

王翰又一次在财政问题上教育她了。

"可是我需要啊。"许宝说。

"你还没工作，花太多钱买衣服。"王翰说。

"可是我想买啊。"许宝说。

"有什么想法你应该告诉我。"王翰说。

"告诉你又怎样？"她迅速大声回答，直面他。

王翰站着，眼里的光突然黯淡下来，站了一会儿，悻悻地往门外走。

她追上去："你去哪儿？"

"只是想出去走走。"王翰神色黯淡地挣脱。

两个人在开门与关门间纠缠，拉扯过后她像树袋熊一样抱着他。

"你可能自己不知道，小宝，你的眼神，让我读出了鄙夷。"王翰说。

她确实不知道那眼神，她那灵动双眼投射的眼神，聪明姑娘一向善于掩饰，对身体部件有充分的掌控能力，然而这个眼神却僭越她的意识伤害了他。

光洁娃娃脸上的沮丧神情让她心疼，她没想这样，她不想这样，这一次是换她紧紧抱住他了——感情浓度又升级了。

一次次那么投入，表演似地，跟戏里面一样。

她又去百货大楼了，在王翰走了之后，去的结果就是生活费又入不敷出了，可是，一个姑娘怎么能老穿一样的衣服？何况还是个穿大多数衣服都能好看的姑娘。

绿灯亮了，许宝走在斑马线上。几个十七八岁女孩在初春寒风中光腿穿短裙迎面走来——日本风，连化妆都是小店格调。青春洋溢但还冒傻气儿的姑娘让她打消了去再去动物园批发市场的念头，是的，她既不喜欢那里的环境也不想穿着那些粗制滥造线头都不整齐的衣服行走在这个城市的斑马线上，要知道，就算是东南亚或中国廉价工厂里制造的国际大众品牌，那也是有自己"身份证"的。

她想到前一天晚上。

外面风很大，非常大，这北方的风怒吼着，仿佛快要把整栋楼给吞没，又好像在作春天来临前最后的挣扎，他们躺着，王翰光滑的臂膀紧贴着她，带着温度与硬度，她背对他，回忆他们吵架时的情景，居然发现自己在某一天的某一刻的确对他有过一丝真切的厌弃，尽管他的娃娃脸是那样迷人。这种感觉像幽灵一样一闪而过，令她惊讶而害怕，她要转过身好好拥抱他，以抵抗这个幽灵再次侵袭。

他多么可爱啊，有美好的躯壳，还有纯净的心，甚至，他不那么聪明这件事也是她喜欢的，她一直比他聪明，从读书考试到了解人情世故，因此她知道，本性纯良并非普遍现象。他好可爱。

"你的理想生活什么样？"她问他。

"稳当、踏实，有爱人陪伴。"王翰在黑暗中认真想了想。

"一直干平凡的工作会觉得枯燥么？"

"可能吧。"

"一直过平淡不惊的日子会苦闷么？"

"应该不会吧。"

真实诚，傻瓜。这些答案是她想要的吗？他没有审题。

他们粘在一起时世界是安全的，可是他们并不能时时刻刻粘着，不能只用粘在一起来对付这个世界。独自清醒的时候她隐隐感觉外面有只巨大的野兽在凶残地等待他们，那是什么呢？而他似乎未曾察觉。

所以，为什么不会苦闷？王翰的答案令许宝无法理解，令她苦恼。她只能推动商场的旋转门，以琳琅满目的商品所带来的视觉冲击来消散它们。饮鸩止渴的意思。

二

一个年轻姑娘有五六七八分姿色，加上在审美和男女之事上开了窍，她必然具备魅力，也必然对这个世界更具洞察力。

当许宝按照前台小姐指引走到这个中环世贸三十层名为"Xploring（消费者洞察）"的办公室门口敲门的时候，

她立刻明白这是她想待的地方。

"Coming。"

她走进去，办公室是纯灰色的，桌椅线条非常简洁。坐着的是策略总监，一个相貌平凡的中年男人，头发灰黑相间非常蓬乱，穿着也很随意。他皱起眉，像孩子一样，用一种神经质的表情端详许宝两秒，然后笑了："你好，我是 Max。"台湾口音。

"你好，我是许宝。"她脱掉大衣，轻轻地坐在椅子上。她知道里面这件衣服会衬得她更漂亮。

"Wow，你确定自己有二十岁吗？"Max 继续打量她。

许宝笑了，略带狡黠地笑。

他拿起简历，眯着眼睛看，他告诉她，这个工作并不需要跟她的大学专业有太大关联。

"我们需要的是 AE（客户执行），如果你合适，职位就在那里。"他放下简历，靠在椅背上，露出印有"宫保鸡丁"的 T 恤，"说说，你学的那些东西，用英语。"

聊得轻松随意，就像他身上的 T 恤一样，当她走出办公室的时候，她猜测自己求职成功了。果然，一周以后，她得到了 AE 的职位。

"解决户口吗？"晚上照常是与王翰的通话。

不解决，能进去就不错了。

"那给你买一个吧。"他说他正跟家人商量，给她买北京户口。那时候，黑市上的北京户口是一个大概十万块的东西，虽然人人都想要，但那东西的真实意义？她并不了解。

并没有高兴起来。

王翰问为什么。

她说我要的不是这个。

他不说话了，像只受批评的鸵鸟。他没来北京求职，也似乎没有来的打算，他没有想过？有了北京户口他们是否就能快乐，她会不会带着他给的户口最终和别人在一起？

"他为什么不来？"林果问。

"工作难找，而且，考研也并不容易。"许宝为他搜索那些不能来的客观理由，但头脑深处为他盖了个戳，叫做"不思进取"。

然而当她新入职走进光耀国际北京公司办公室的时候，她觉得自己的"进取"才刚刚开始。

那些同样年轻的男男女女，穿着各色时髦衣服中英混杂地聊工作、打电话、在茶水间开玩笑，洋溢着与王翰截然不同的气息，广告还真是个吃青春饭的行业。

工作后的生活也丰富多彩，今天一个人升职，后天另一个过生日，老是办 party。

晚上饭局定在南锣鼓巷的烤肉店，夜生活刚刚开始。

这个店很奇特，有人接吻就送牛舌。顺着同事手指的方向，许宝看见一面粘满吻照的墙。

"要来就来劲爆的好吗!"男人们起哄两个女同事。

天哪!许宝也叫起来。同事们开怀大笑,广告业,外企的尺度很宽哒。

讨价还价之后,两个女人的吻照居然拍成了,这世界好像已经没有什么是不可能的了。

"很疯狂对不对?"许宝换了位置坐在角落里,问身边的男同事袁威。

袁威是创意部的,一个个子不高的小平头,虽然貌不出众,但许宝注意他几天了。公司里年轻男人很多,轻浮的不少,而袁威在这群人里相对矜持沉默,书生气十足,这就是吸引人的地方。

可能,需要放开自己,才会激发创意。袁威笑着回答。牙挺好看。

他被她直视得居然脸红了,有意思。

接下来的几周,她总是有意无意看到他。听同事们说,他很早就公布自己有个大学以来的女朋友,目前感情稳定。

坦荡又给他加了分。

"挺喜欢他。"她在网上对林果说。

"他有女朋友啊。"

"又不是老婆。"

"你扼制扼制吧。"

"成天见面,叫我怎么扼制?"

"王翰怎么办?"

爱我，为什么不来陪我？理由是现成的，她没在键盘上敲打出来。

理由都是可以找的，甚至道德这东西，不管人们口头上同意不同意，都是评判他人时用的。她向袁威走去，他在茶水间里，她不能像林果那样光靠想象活着。她向他了解创意部目前某个案子的进展，附带阐述自己的想法，袁威很客气，聊了两句转身离去，这反倒让她的占有欲膨胀了，入职的第三个月，她老想他。

初夏的上海透着潮湿的气息，对于出差而言，这是很好的感受，但许宝的感觉麻木了——她感冒了。

酒店里，姑娘小伙子梳洗完毕奔向夜生活场地，她蜷在床上，直到楼道里没有了声息。

她知道哪几个人没去。酝酿了一下，她拨通了一个房间号码，"喂"，那是袁威的声音。

她说需要帮助，于是他走了过来。

"你在赶稿吗？"她裹着被子问他。

他回答说没事。

"给我倒杯水好吗？"

他拿起烧水壶。

许宝在迷迷糊糊中看着他的背影，嘟囔着他前两天短信回得好简短。

啊，有吗？他轻轻地把杯子放在许宝身边："好好休息。"

"陪陪我，难受。"她的美丽嗓音令人无法拒绝。

他没有说话，坐了一会儿，然后调暗灯光，轻轻退了出去。

心陡然就空了，他给她造了个漩涡。身体也陡然如同上了发条，生活充盈饱满起来，每天，漂亮姑娘许宝大大方方地走向袁威，跟屁虫似地跟着他，跟他说话、向他请教问题、开玩笑、给他发短信，怎么着也是青春洋溢的可人儿，她那倔强眼神闪烁着妩媚与顽皮，潜台词分明是：我喜欢上你了。可袁威依旧很平静，他平静地低头，淡淡地笑，那种距离感有时让许宝抓狂，好喜欢他呀，喜欢得想哭！可他还是不温不火冷冷淡淡。许宝吹动自己的刘海，趴在桌子上，平静的水面下，到底是什么呢？天生好手困惑了。

"没准儿，像《新龙门客栈》里张曼玉说的，眼睛没看，心里看好多遍了。"林果的这句话提示了许宝，被漂亮女孩追是什么感觉？面对可爱姑娘的强烈攻势，一个男人，他能专情到什么时候？

于是她又进攻了。

"那天我给你短信你没有回复。"

"我上次问你的问题还没回答我。"

"你投身这个行业的理想和追求是什么？"

"哦，"他笑了，"这个问题不好回答，是因为它会不断拓展和改变，至少我觉得是这样。"

许宝脉脉含情，对一个人的念想也如同职业理想一样不断拓展和改变。

他说了一堆。

她根本没好好听。

两人相视而笑，许宝感觉到茶水间里的这个上午顿时柔和起来。

很快他打断甜蜜，向她摆手告别。

"同学，你老不理我。"

"就这么惜字如金吗？"

短信又是另一个阵地，现在他们频繁攻守。有回应，证明有机会，她就像翘锁的小偷，锲而不舍地试探，慢慢地，感觉到里面松动了。

正在追逐袁威的许宝躺在床上仰望天花板，电话那头是王翰。远方的王翰每天打电话来，真温暖，听到他的声音时她这么想，他与她的一切，代表着纯真与美好，这种美好甚至让她产生为他关上闸门，放弃其他一切诱惑的决心，但是，诱惑其实是她自己找来的，闸门没多久便松动了，她又想起袁威来，想起他的时候怠慢王翰的情绪像水一样朝外漏往外涌——他们本来就不一样，是不同的两个小伙子，就像世上所有不同的两道菜、两件衣服、两个女人——水的力量多么强大，它是不可阻挡的，刚搭建好的决心只能溃堤了。她说她忙，然后收了线，她知道收线后随之而来的是隐隐后悔与不舍，但没办法，理智与情感、道义与欲念此消彼长，左右手互博。

许宝的手没有离开手机已经好一会儿了，那么落寞，那么地百无聊赖，克服不了，就像心里有个洞。犹豫许久，她还是打通了袁威的电话。

"我入职了，祝贺我吧。"她说。

傍晚的三里屯有很多俊男靓女，聚餐后许宝和袁威走在酒吧街的小路上。夏日的气息弥漫在空气中，远远地，能够听到错落的鸟鸣。

"祝贺你。"

"那我离开校园的小伤感呢？你怎么安慰我？"

他不说话。

为什么不说话？许宝问他。

他笑了："应该允许人有小伤感吧，它是美的。"

"那我还有个小伤感，你想不想听？"

说完这句，许宝注意到他的神色微微尴尬。

"你笑什么？"他问她。

因为开心。她转过脸来面对他，"今天，我的小伤感平复了很多，是你的功劳，也许明天，它还会冒出来，怎么办？。"好虚伪的对话。

怎么办？她直愣愣地看着他，他和她都知道，答案就在他那里，"容你下次告诉我。"

喂，谁问方法论来着？怎么操作？这么操作。

下次很快就到来了。夏日傍晚的饭馆和大排档分外热闹，许宝美丽的高跟鞋落在胡同高低不平的小道上。灰尘伴着孜然、辣油的味道随风四处飘散，下午茶过后已经闲逛了半个钟头，不知不觉，她和袁威已经不知身处何处。

"我走累了。"她说。

"打车吧，送你回家。"

太孤单了，不想回家。车来的时候，她对他说，如同一只无家可归的猫。

"我想去你家参观参观，欢迎么？"两个人坐在后座上时她说。

他迟疑了一下，没有拒绝。

这是他按揭购买的两居公寓，不大不小，四环边上。他有房。他是个爱干净有条理的人，打开房门的时候，她又采集到另一条信息。

鞋架上有一双红色拖鞋，那应该是他女朋友的。他说，女友周末会来。

她没有换鞋，脱了鞋蜷缩在沙发上，心里泛起醋意。

进门以后袁威一直没有正眼看她，像是要用尽可能多的走动来消散尴尬。

"你过来。"她说。

他慢慢走近，坐在她身边。

她依偎过去，轻声说："我不高兴。"

"怎么了？"

"不高兴。"她幽怨地看着他，一直看。他没有任何动作，直直坐着，过了一会，他转过脸来，眼睛眨得很快，似乎血液开始翻腾。终于，许宝伸出胳膊抱住他，双唇迎上去寻找他，将脑海中的无数次想象演化为现实。起先，他没有动，但随着她热情的求索，她听见他喉管低沉的声音，然后便是热切的响应，他们猛烈地挪动身体，翻倒在沙发上，继而是床。一切都屈从于本能，一双拖鞋引发的不快抛诸脑后……

在人性的鼓动下，与一个"正派"小伙子的追逐与博弈需要多久见分晓？答案是三个月。

把时间往前推几年，比较小时候许宝就隐约发现自己具备一种跟金钱、名利相类似的功能——挑战力和测试性，拥有无限能量且不大容易输，虽然这个功能需要不断实验、进一步确认，不过实验过程本身就已令人非常着迷。

激情澎湃后的天空依旧亮着。袁威长抒一口气侧转过来。

她昂扬地撑起头："你知道我们总有一天会上床是么？"

问完，两人扑哧笑了。

"你女朋友在哪儿上班？你们怎么认识的？"

他们轻柔地对话。

后来那几天，她每天下班都去他的家，他们的生活几乎都在床上度过，关掉手机，便仿佛置身世外。

"你知道么，我觉得你超性感。"袁威抚摸她光洁的皮肤。

"哪儿性感?"

"哪儿都性感。"

"什么时候开始觉得?"

"挺早的时候。"

"哈!"她把腿架在他身上压着他，仔细端详他怯怯坏坏的笑容。

男女间的恶俗趣味正在此处。

三

"春天到了，万物复苏，又来到了动物们发情的季节。"不单许宝，那些日子林果消瘦得也很快，每天悉心准备与成昊的偶遇茶饭不思。

可是，都快毕业了，他在哪儿呢?

一学期上天总能给一次机会。

她走进教学秘书办公室，细密的气泡又一次从心底升起，头部有液体往上冲——成昊居然坐在里面。她没有看错，他在一张办公桌前为教学秘书帮忙。心里没有小鹿，却有无法言表的羞涩需要掩饰。但是，一个人真的能掩饰对另一个人的爱慕吗？询问的时候，她的声音变得柔和好听起来，成昊抬起头，于是她开始结巴。话说完了，终将要走，她想转身的时候再看他一眼，来个四目相接，也许就会有火花——时间变慢，空气变柔和，跟电影里一样。可是感情向前冲的时候面子却往回扯，自尊或胆怯又作了祟——时间还是时间，空气也还是空气，她还是没敢看他，用余光告别对方，走了。

她没能像那个女人一样斩钉截铁地说"我就要这样的男人"，她野心不足，羁绊太多，她的爱慕没有超越想象的界限。

第二天她给办公室打电话，教学秘书不在，一个男生声音在电话那头，"喂，"那是他的声音。她又开始结巴。

"王老师下午回来。"对方很客气。

"你是林果吧？"对方说。

他认识我？心底有小火苗闪动。他对她有印象这件事让她喜悦了好几天，在某些时刻他是否也会想起她？她甚至臆想起来。但是后来，他再没有出现在办公室里，欢乐短暂得很。居然，她后来见不着成昊了，如果一个人的心智是个大磁场的话，她的磁场弱得连那个人的面都见不着了。

一学期一次机会。

夜里，她的暗恋坠入空荡无边的深水中，"砰"一声之后漆黑一片，什么也没有。她昂起脖颈向头顶的那道光游去，渴望出水后的第一口空气，可水的压抑让她醒了，清醒过后淡淡的忧伤代替了压抑。

这时候老叶出现了。

他说他是叶赫那拉家的，辛亥革命之前爷爷家住金鱼胡同。

"我爷爷在世的时候，那是琴棋书画样样精通。"

"他们说有个三姑奶奶，饺子只吃顶热的，所以用酒精炉两个两个地下，俩字儿——讲究。"

《红楼梦》里说，对于那些传说中的辉煌和想象中的繁华，后来的草根总是抱有无尽追思与想往，这种追思与想往林果从老叶的神情里也感觉到了——他是那么地引以为傲，这些陈年旧事也吸引了林果，她新奇啊，在她瞪大的眼睛里，传说中的人、事、物经由语言被夸大了美化了，在想象里从黑白幻化成彩色的。

他们相识于一次聚会，这个三十来岁的国企副处长走到她面前，开朗地介绍自己，语带幽默。

"MBA都学什么？"林果对他的学历好奇。

"交际。"他轻抬眉毛半真半假地说，眼睛在镜片后闪光。

"跟研究生不同在哪儿？"

"我已经告诉你了。"有些男人喜欢显示才智。

拳头打在棉花上，这可不是林果喜欢的谈话方式。烦人，心里翻了个白眼。而当她把公主姿态端出来之后，老叶却似乎昂扬起来，精神抖擞地在她身边坐了一晚，像只开屏的孔雀。

然后，他开始每天给她发短信。起先她不以为意，可他却越挫越勇，不知从哪儿收集出一系列俏皮而露骨的情话。

"我捡到你的美丽，想有机会还你。"

"别跑，早腾出地方爱你了。"

"切——"这是很多女孩的第一反应。

但是别急，高傲者往往是被动的，她们只是站在一个空虚的高位而已。

最后一次见成昊，林果远远地注视着，他的手和女朋友的紧扣着，他完全没有看到她。她觉得那是她最后一次，果然，后来她再也见不到了，跟以前的张三李四一样，那些她喜欢的男生的生活轨迹似乎始终不能与她重合，就像行星与别的行星运行在不同轨道。

而老叶却恬不知耻不知疲惫地继续发短信，每天一条、两条、三条，就像用什么东西不断地轻挠她手心。

北京的风早就有了暖暖的味道，林果在等待毕业之余阅读那些肉麻热切的话语，也不禁有些飘飘然，从置之不理变为偶尔回应，甚至从某一刻开始在晚间习惯性地等待起那些撩拨来，而那些撩拨也如同良药，让她渐渐消散了自己暗恋的忧伤，伤感变淡了，其他的行星走远了，也许是可以告别的时候了。

回应，就是机会，老叶跟许宝一样懂得这个道理。

而她，愉快而略带厌嫌地接收着他的追求，从每天晚上九点开始——"我带你去划船吧"，"我带你去野餐吧"，"我带你听相声吧"，他想了很多方法，可她并不接受他见面的申请，没有相见的愿望。

终于，一个月后的某一天，手机那头杳无音讯，对方疲惫了、懈怠了。

那个晚上顿时变得寂寞难耐起来，零食在唇齿间平淡无味，字句在电脑屏幕上稀松得厉害，时钟指针滑过"9"以后很久的时间里，手机没有亮。她的心突然空落落地，如同某种瘾头没能得到满足。

第二天，感觉更强烈了——原来被人追也上瘾啊，日子难熬起来。

那两个晚上她什么都没干，没兴致查询就业信息，连韩剧美剧里的时髦女郎都吸引不了她了，太奇怪了，一个人胆敢就这么消失了！

"干什么呢？"公主终于拿起手机，第一次向她的臣子发出了短信。

过了一会儿，屏幕亮了，熟悉的语调传来："撩拨，即是放晴。"

说的没错。

她和老叶又见面了。初见时，老叶的眼睛发亮表明了他的兴趣，现在，就更亮了。年轻高傲的女孩子如同神色天真的小绵羊小兔子，激发着男人追逐征服的欲望，而她们内心也由最初的抗拒懵懂逐渐变为欣喜，陶醉于被认可被肯定的喜悦。

实战开始了。

神色是最会出卖人的东西，几个月的悲喜都写在上面，林果的春光满面告诉许宝，她品尝到了某种甜蜜。

明晃晃的短信写着："对不起，忍不住想一下你。闷骚谁似我？"

这哪儿是闷骚？许宝笑了，勿以明骚而不为。

老叶虽然个子不高貌不出众，但博闻强记，知识面很广，对这个奇妙世界的认识也比林果多得多，这让林果找到了仰视的理由，哦对了，还有那些灵巧、风趣的段子、故事，暖洋洋地，拨弄着她的心弦。

初夏的晚上，微风轻轻吹拂鬓角长发，撩动着某些力量，人的心和草、花朵都在"滋滋"萌动，毛孔下面热热地，有东西在往上拱，散步的林果和老叶都隐隐知道要发生什么，但林果没有经验，身体有些紧绷。在她愉悦羞涩的心情下老叶的手伸向她，继而是胳膊和整个身体。老叶的呼吸在她耳边泛滥，痒而热，又似乎，他在故意吹着气。继而嘴靠了上来。以前林果常聆听许宝关于男人的经验之谈——有人很骚但天分不足，有人天生性感很有一套，她不明就里，而当和老叶薄薄的嘴唇第一次接触时，林果脑海中竟然闪现许宝对于男人的那些判断，感觉告诉她，老叶不性感，但骚——初吻时她竟开了一个可笑的小差。

终于恋爱了，实打实地，不跟幻象，原来是这样。一个吻预示着接受、投降，这个吻过去后，他们间的格局便慢慢转换——她开始满心欢喜地看着他了，乱乱的牙齿、不太光滑的皮肤，在情感的光华下都显得如此可爱，她自己想必也很可爱——脸上的痘印都少了好多，最初的爱情令人展露和欣赏着生活最美好的一面。

虽然七八岁的年龄相差并不太多，但他们的相处模式是大人与小孩般的。仿佛在进行一种训练，老叶总爱说："乖"、"真乖。"这是一种很厉害的心理暗示法，就像学校里老师赞许好孩子，于是林果真的越来越听话，甚至低微下去，巴巴地透着讨好，如同小猫小狗等待主人抚摸，又仿佛恋爱中女人所做的每一件事，都是为了获得男友的认可和赞许。

"叫你小乖吧？我的宝贝。"

她太喜欢这个名字啦，好温存啊。

柔软腰肢被拥抱柔嫩皮肤被抚摸，她们往往在闸门打开精神松懈后流露出等待豢养的宠物特性，喔，女人的天性。年轻的身体渴望被强健骨骼抚摸，年轻的灵魂渴望被智慧和阅历征服，女人也许是天生喜爱抬头仰望的动物。

"未来的生活会怎样呢？一起奋斗好吗？一起奋斗。"

她仰望着老叶，虽然并不知道"奋斗"具体是什么。

"好的，乖。"老叶轻抚她的头，给予肯定的答复。

MBA到底是学什么的，她又问他。这次情绪的主题词是崇拜、崇拜、崇拜。

"咳，都是一群成年人，各怀鬼胎地就来了。"老叶这么回答，笑着瞥她一眼。

"各怀鬼胎"四个字极具穿透力，令人有种隐隐的怪异感，虽然已经二十三了，这样的形容还是有些超乎她认知，但这种感觉很快被老叶排山倒海般的幽默殷勤淹没。

为什么会各怀鬼胎呢？因为老叶学经济管理，而那些意气风发的老师不是著名经济学家就是大企业领导。班主任黄老师是国有大公司总裁，文史兼修、通晓诗词，甚至还写过交响乐，这能不让学生们情不自禁地崇拜他、想接近他嘛？老叶是个精力充沛的热心肠，自告奋勇做了班长，组织聚会安排讨论什么的，他最拿手了。

"去听交响乐吧。"某一天老叶说。托大牛人黄老师的福，拿着他不能出席的两张票，老叶牵着林果的手，如同大人牵着小孩，走进灯火通明的音乐厅。

位置不错，中排中央，演奏者的面目都能辨别清楚。乐手们陆续坐定，吱吱呀呀地调音，拉琴的女士们穿着典雅的黑长裙，但仔细看那并不是一模一样的裙子，属于私人物品。

不少观众走进来了，站在坐位上相互握手致意，挡住林果的视线。都是那个圈子里的上层人物。

"央行行长。"

顺着老叶的指引，林果直起身，看见前面排着一批达官贵人，达官贵人们的后脑勺。那是一堆头发稀疏的后脑勺，有肥有瘦有宽有窄。老叶讲解，林果听，她不认得他们，名字、称谓、级别，太复杂，难懂。有什么意思呀？她还年轻，权势、名利还不能在她心里留下什么踪迹，只能看着那些沧桑皮肉与世故表情徒生乏味——沧桑皮肉总与世故表情相伴，不是么？皮肉衰败成这个样子，才能坐到这样的位子。但老叶不同，分辨和介绍完，倚在坐位上，望着那些背影若有所思。

灯光终于暗下来了，音乐响起，境界随即展开，精神世界在艺术的氛围中逐渐走向虚幻，黑暗中老叶牵住林果的手，令她倍感温暖，悠扬的乐曲不知不觉营造出一种气氛，耳朵被塞满了，眼睛被舞台上的光吸引着，林果的自我感受提升起来，爱情、被牵着的手和整个氛围幻化出无比高尚美好的姿彩，盘旋在音乐厅里，直摄魂魄，如同另一种催眠……多美啊，那一刻，也许很多人希望始终生活在艺术里。可以吗？

最后一支曲子完毕，灯亮了，谢幕，欢呼，音乐厅沸腾，一浪又一浪，最终平复……醒来的人们意犹未尽，缓缓起身，在平静肃穆的气氛中缓慢地往外走，他们大多神情凝重又淡泊，在余音中保持着远高于凡夫俗子的格局与姿态，林果觉得那场景就像欧美电影里的"上流社会"，只是中国人不穿晚礼服、不懂时尚、不具备那些美貌与气度罢了。

她和老叶继续牵着手，但话很少，没有其他世俗想法，此时仿佛是他们爱情的最崇高时刻。人慢慢散了，各种轿车循序渐进往外开，车灯闪烁。他们走到马路边，车流的声音一下子震慑过来，潮水一样——那是地面、空气和车轮的摩擦声，又是另一种声响感受，持续、平稳、绵延不绝——独属于大城市的轰鸣，空气中有尘土的味道，人不由得又坠入凡间。

"要补补课，古典音乐，黄老师可是个行家。"坐地铁送她回学校的路上老叶说。

黄老师将金融家、历史学者、音乐家三位集于一体，于是老叶买了 mp3 开始研究古典音乐，他需要跟目标人物有相对应的知识结构。

"知道皇帝圆舞曲么？"他们在电话里进行音乐知识问答，林果觉得自己也需要补课。

"拉德斯基进行曲？"老叶在电话里问。

林果哼了一段。

老叶惊叹赞许。

林果偷偷乐——那是她手机里的一段铃声。

当然，这些都太浅，而专业知识却深如大海——勃拉姆斯、柴可夫斯基，《德意志安魂曲》、《D 大调小提琴协奏曲》、《第一钢琴协奏曲》、《1812 序曲》……甚至布鲁克纳、泰勒曼这种不为大多数人所知的人名和他们的作品，一个人如果能了熟于心，脱口而出，那么就能显着更出色更能令人高看啦。

"这些人真的懂音乐?"闺蜜时间许宝狡诘地睥睨。

"为什么不懂?"林果开始维护自己的男友。

这也叫坠入爱河。

四

周末的日子便是独处的日子，许宝会留一些时间给王翰，电话里依旧是爱和关爱，除此之外别无他法。

挂上电话之后，寂寞空虚袭来。

那个人在干什么?她想袁威了。想多了便不快起来，他和女友之间可能发生的事在脑海闪现，嫉妒像牙齿一样咬她，怎么办?做什么?还能做什么?唯一能做的是什么呢? Shopping!

购物中心，硕大的奢侈品招牌闪耀光芒，包包、衣裙被仔细地陈列在橱窗里货架上，告诉咬着指甲看价格的人："我价格不菲哦"，但同时又传达一个信息——"也许某一天，你会拥有我吧?"许宝就是这部分目标人群之一。

如同从蒙昧中打开天窗，当你从网上、时尚杂志中对时尚名牌有些许了解之后，就会发现高档商圈里来回游走的人无不被符号包裹——Missoni 针织衫 6000，Chloe 皮包 8000，CHANEL 皮鞋 5000……他们身上贴着明晃晃的价签。

许宝一边流连一边盘算自己银行卡里的数字，不禁怅然，太穷了，太可怜了，而这世界，这花花世界，到处都是有关人民币的声音——衣架碰撞裙摆摇晃纸钞飞舞零钱散落刷卡机出票，只要脚底板贴近地面毛细孔裸露在空气里，就能被这些声音、气流震颤得心头涌起无尽悲哀——对这世界的美好体验，该如何开始呢？

正低落地游荡，看见一个男人插着裤兜，呆呆地站在橱窗外。他穿着旧 T 恤和松垮大短裤，光脚踏帆布鞋，但背了一个样貌不俗的书包——GUCCI。

挎着包的身子微微转过来，透过蓬乱的灰发，她看见一张平凡带有喜感的脸。

Max。是她的面试官，上司。

嘿，许宝。他显然挺高兴，"你也在这里。"

"你在？"许宝好奇他的举动。

"哦，找找灵感。"他瞪大眼睛，做出孩童般表情。

找灵感？她在他的注视下摆手跟他告别，心想这人真逗。但是她脚步很慢，因为怀揣着对某个打折包和几件衣服的念想，这念想让她挣扎不已迈不开腿，折返回去花一个月工资买了那包再说吧！她转身，却发现 Max 还站在那里，并没有走的意思，无奈悻悻遏制住念头。

告别老男孩她坐在出租车上，心里装着那个包，好喜欢啊，喜欢到想哭，又是这种倒霉心情！要是有钱还需要这样权衡这样折磨自己么？此刻那个包把她撑得满满的，她只能安慰自己，撑就撑堵就堵吧，如果把包扔掉，这空隙又会被袁威给占据了。

王翰的名字在手机上亮了，她的男朋友在上夜班。

小宝小宝小宝，他呼唤她，问她在干吗，今天干什么了，吃什么了，哦是吗，那买什么了，突然她觉得每天每月每年的这些对话极其无聊，"行了行了，什么都没买！"心里非常毛躁。

几秒钟后有些后悔，调整好自己的语气安抚他跟他话别："翰，多想想自己的事业和未来好吗？我希望你多花时间在这些事上。我累了，回去就睡了。"

电台广播里陈奕迅在唱歌："得不到的永远在骚动，被偏爱的都有恃无恐。"词儿写得太好了。

临睡前，她翻来覆去，给自己现在的感情状态以理由——感情本来就复杂而多面，对有些人来说爱跟爱确实可以共存，只是在某个时间，对某个人的浓度更强烈而已。弱肉强食的情场里，有魅力的人本就可以有更多选择，这是丛林法则，而一切都可以用两个字来解释——人性。

好多个"本来"、"本就"之后，心里安生了许多，如同放肆的小船找到了道德浅滩。

对于精力充沛、充满活力的人而言，火热的胸膛总需要一种东西来填充，物欲和情欲必居其一，到达道德浅滩之后，自以为是的爱情就如同烈酒一样上了她的身她的头，这酒烧得她难以入眠，胜过以往任何独处时刻，这个晚上她强烈地想念着袁威这个外表精干貌似有想法有追求的小伙子——她需要他，需要用身体夹持着他的身体，享受一次次被填满。情色画面充斥脑海，她如同着了魔，她想立刻见他，占有他。但她知道这是一个傻女孩的行为，无数个翻身之后她还是控制住了想要拨电话的手，这团火积压着，等到相见的时候再爆发吧。

替换他，在脑海里搜寻一下，喔，还有那个包可以填充她。

工作日的办公桌上，立着一个三寸高的机器人，怪异可爱的样子许宝从未见过。

"那是 Max 的礼物，香港出差的战利品。"身边的 AD（客户经理）Wendy 告诉她，慢慢她就会发现，这位上司很慷慨，而且有趣。

别说，机器人神情跟 Max 还真有点儿像。

"喜欢吗?"当她走进办公室道谢的时候，Max 笑着问。

她认真点头："很独特呢。"

"哈哈，你喜欢我就太高兴了，送礼物的快乐就来自于欣赏你们的愉悦。"显然，上司很开心，脸颊上两道笑纹分外柔和，"晚上我和新井、Wendy 去吃日本料理，你也来吧。"

沉闷的雨前傍晚，一天工作后，熟练的司机穿梭于鳞次栉比的酒吧时徐时急地转了几个弯，座落于闹中取静小巷里的料理店便呈现于眼前。穿过挂有侍女图的长廊和石块堆砌成的窄门，转入幽静的隔断里坐下，许宝看见身边的白色池塘里，鲤鱼恬静地游弋。Wendy 说，别致吧，高层们很喜欢这里。

"你知道，我在日本的时候买过一些小器物，比如挖耳朵勺，他们的设计太惊人太合理。还有，他们有世界上最好的废旧电子产品回收系统……"他们盘着腿，谈设计、讲游历经历，饶有兴致、中英文混杂。一样样精致食物被仔细地摆设上桌，漂亮，如同艺术品。

"知道 Max 为什么爱日式料理吗？他说喜欢脱了鞋吃饭的感觉，解放了脚如同解放了胃，哈哈。"作为 VP（副总经理）和 CD（创意总监），永远西装革履的新井和永远穿 T 恤短裤的 Max 并排坐着，相映成趣。

许宝的心可没放在鞋或者 T 恤短裤上。她看着 Max，他的眉目，他的神情，这样的公司高层，领美国工资的，月薪数目是多少？观察着这个似乎已不需要为钱而烦恼的中年男人，猜测像一道光掠过许宝额头。三十多岁的新井呢？两年、五年后自己能爬几个等级？可琢磨可期盼的事真多。

　　　　　　　　　　　　　　她们说

"这个很好吃哦，小孩。"江户川出品的刺身上来了，Max指引许宝动筷子。

"喂！人家二十三岁了好不好？"她向他抗议。

"Wow，二十三岁"，他笑了，"这个很好吃哦，女孩。"

他的神情和气度让许宝知道了，他和许多男人一样穿T恤短裤，但他和许多穿T恤短裤的男人又不一样，就像他选择买什么纪念品选择在什么地方吃饭。格调，是衡量一个人社会等级与生活品味的有效标准。

显然，这个环境里的一切她都喜欢，还是格调问题。作为初次参与者，她琢磨着这些菜色、食材的名字，观察他们的行为举止，聆听他们谈论的话题，只是，他们英语说得有点儿快。

不过，毕竟她才二十三岁，头脑空闲的某一刻，袁威突然闯进她的脑袋，打乱了思绪。今天除了路过他的办公桌看见他正在讨论方案，他们还没有真正照过面有过交流，连正儿八经的对视都没有。

正偷偷走神，手机便亮了，是他。

"在干吗？"短信里简单的问话像子弹一样即刻震碎了宁静空气，空气的碎片刺激着她的毛孔，令它们耸立起来，似乎即将投入战斗。Wendy在斟酒，Max和新井在笑，但这些在她眼里都虚化了，开始渴望闲聊快点结束了。

接收短信后的许宝是个魂不守舍的食客，味蕾迟钝了，精致食材在嘴里顿时变得不可辨别，皮囊酥麻了，他们在谈什么也有一搭没一搭听不真切，不好意思频繁短信，在饭桌上装可爱微笑的同时，身体的知觉逐渐有所不同——胸部被内衣紧紧束缚着，感知之后便越缚越紧，涨闷的不适感难以言表。这条短信的引力逐渐加大，强烈的情欲如同心中的潮汐，竟然澎湃起来，皮肉腠理里的蚂蚁苏醒了，下腹的电流传导上来，令人眩晕的热力从胸腔从后颈向上冲，她感觉室内空气都变稀薄了，需要更深的呼吸。她的耳朵热了红了不知道他们会不会发现，而且，只有她隐秘地知道，自己已经不可遏制地湿润起来。显然，开朗和蔼的上司心情大好浑然不知，服务员的细致周全和餐具的频繁更迭消磨和压制着她对某个人和某件事的想念，吞咽、微笑与呼吸变得为难却又不得不吞咽、微笑与呼吸……太难熬！

结束时刻，她终于能偷偷地长舒一口气，如同忍耐了半个世纪，陪伴三个意犹未尽的人边聊边走出料理店，才发现雨已经下得不可收拾，狂暴如她体内的某些东西。

站在屋檐下，鞋和脚都湿了，晚间的寒意猛烈侵来，冲散脸部的潮热，经由鼻腔滑入肺腔，与她体内的火强烈地冲撞，毛孔又一次全部站立起来，进行另一次抵抗。顷刻间她穿着单薄的裙子瑟瑟发抖，连 Wendy 都怜惜地站在外侧替她挡风，于是 Max 和新井绅士地为她追赶出租车，任凉鞋皮鞋狼狈地在水里扑腾。终于，几个来回之后，在护送下她坐上车，楚楚动人地向他们挥手道别，转过脸来，在这个大雨倾城的晚上，她唯一要做的事便是直奔袁威的家，偷情的快感如同暴雨一般转入狂热。

爱情有很多格局——如果笼统宽泛地将很多关系归类为爱情的话，每个个体和另一个个体碰撞出色彩不尽相同的火花。将许宝跟这个年轻男人紧密联系着的是一条性欲之蛇。就这样，非周末的时候，他们不可遏制地拥抱在一起。更疯狂的是，集体出差的时候，趁着深夜的空隙，她潜入他的房间去偷欢。

上一次出差她热切他矜持的情形仿佛就在昨天，暗夜里，两个人纠缠在一起，她像蛇一样缠绕着他，疯狂地呜咽。袁威不禁捂住她的嘴："宝贝，小点儿声，小点儿声。"他甚至用被子捂住她的头，她掀开，他又捂上，两个人横卧在单人床上，搏斗般地翻来翻去……

五

林果还是对饮食、对味道更感兴趣些。她顺着人流从地铁站往购物中心走，新启用的地铁车厢特有的怪异味道让人记忆深刻。

"什么味儿？"拥挤车厢里一个女人问她的同伴。

"人味儿。"同伴回答得真好。

她在购物中心的美食广场里行走，进行另一种 window

shopping，活色生香的成品、原材料铺陈在明晃晃的玻璃隔断里，烟雾、蒸汽伴随人的来来去去缭绕又四散，各种肉的气味、油的气味、米面的气味混合碰撞，冲入鼻腔，食欲大开的人这时候是急切的，她要迅速做出判断，一边判断还一边感叹——物质太丰富了，仿佛突然之间，已是三江五湖，汇流入海。真正坐下，用味蕾对食物进行评判，她也很清楚，那些所谓美食，浅尝尚可，嗅觉和味觉深深调动起来之后，体验还是弱了好些，关键在哪儿——原料的新鲜程度，差着十万八千里呢，所以生活在大城市的人们，对美味的体验实际上又是相当地贫乏。林果的嘴刁到没有什么能骗得了她，但她的这套体会，跟许宝交流不了，许宝对吃没有心得，林果思考这个问题的时候心里有了胜过许宝的得意，像个美食家。一个人的欲望决定了她的认识，而人的认识大致是均衡的，不是更多地附着在男女上，就是更多地附着在饮食上，想到这儿的时候心理又平衡了些，像个哲学家。

独自吃过午饭之后，她得找地方等老叶。走到最东头以后觉得还是西头的酸奶店最好，冷柜橱窗里的水果酸奶品相出色，颇显高档。她刚才就进去过了，但是一眼瞥到的价格和服务员"欢迎光临"的招呼又把她吓走了，挺贵啊再看看吧心想。

走出来之后又后悔了，对自己的舍不得不大满意，在心里把那里的酸奶和几块钱的超市酸奶比较之后，她说服了自己，应该享受一下，它的价格，包含着质量、环境与服务，而且，心理暗示告诉她——如果今天对自己铿吝，也许就注定未来会一直过寒酸的日子。这怎么能行？坚决不可以，人必然要积极向着好的方向前进！所以，她迈开步子又重新回到了那里。

好漂亮啊，她从服务员手里接过杯子，端着它坐在空无一人的店里。草莓非常新鲜，樱桃也是，她把勺子伸进去，率先，最想要的，当然是那一颗大樱桃，核都给挖出去了，真贴心，放进嘴里，樱桃和酸奶的混合酸甜覆盖了口腔和咽喉里原有的咸味，继而是草莓和酸奶的混合酸甜、纯酸奶的酸甜。想起在宿舍吃果粒酸奶的日子，她必然是那一个，先把果粒一股脑儿挑完的那个人，就像是先吃好葡萄还是坏葡萄，必然是好葡萄啊，她做过决定，因为一旦习惯了坏葡萄，就将永远与坏葡萄相伴。这是乐观主义者的行为，她又一次强化了自己的态度。

又一次把大颗果粒舀完之后，一个个子矮小的五六十岁男人走进了她的视线，那人拿着卷起来的布袋，穿着一双旧球鞋，站在柜台前面，刚开始远一些，后来又走近一点，显然他跟林果一样，被柜台吸引进来了。外乡人，没钱的那种，不自觉地就判断出来了。他在看柜台里的样品和价格，谨小慎微地，怯怯地，"欢迎光临"，服务员开了口，其实是一种问询，——买还是不买，您？但那人没有像林果一样被吓跑，他站在那里，仔细地看了一遍。看完往后退了一步，仍然站着。

他肯定舍不得的。她体会到了，但不能完全体会，他在想什么呢？林果想。价格不可思议，还是别的？"大爷，我请您。"要走过去给他买一杯吗？她在脑海里过了一遍，但最终没有行动。他还是走了。他站在那儿的画面让她有一种莫名的无法形容的感受——自己还挺幸运，在这个社会里。

这个社会当然还有另外一种五六十岁男人。

老叶的黄老师是个大忙人，最近迷上做网站，总在高档会所里谈生意。"砸进去多少钱，加一零儿直接卖给下家，投个八百万一千万，保证一年挣一个亿。"他在生活里说着电影里的话。作为成功人士和老牌资深人精，渔村出身的他如同许多年轻男人渴望的那样一步步爬至事业高峰，现在他有一个上流社会圈，有了这个圈子，便能在公职以外做好多事。钱从哪儿来？这不是他需要操心的事，这个"金融系"、那个"金融系"，都是大财团，老叶说，只要他振臂一呼，钱会呼啦啦接踵而至，很多东西对他来说就是数字而已。

"这些人都有自己编织起来的权力网络，轻而易举左右资本市场。"老叶说。黄老师有黄老师的资本，而老叶也有他的——年轻、有精力、活在大都市——世界上最好的资本。他拥有他所没有的，他也拥有他所没有的，于是老叶的业余时间为黄老师所支配，经常黄老师一个电话就让老叶放下一切飞奔过去，怀着愿望、抱着希冀。

除了忙黄老师挣钱的事之外，老叶还负责给他的明星女朋友姜小姐办事。姜小姐是个大美人，平常大家只能在电影里电视上看见她。她可并不是他第一个大美人女朋友，黄老师有过好几任大美人女朋友。怎么能跟这种老男人睡觉？想想林果都皱眉头。一个头发稀疏从一边拢向另一边的五六十岁男人如何让如花女子一个个折服？光芒，只要他有光芒。

林果拖着腮帮注视老叶，其实老叶也不好看，但进取的男人总是有魅力的，黄老师如此，老叶也是，男人醉心于事业的样子很迷人——不知道从什么时候开始，女人便深爱这种迷人。老叶有两个事业，一个国有企业里的正职，另一个黄老师那儿的私活、大事业，一心几用，所以，在一起的时候他总在想事儿，总在打电话。

"在这个社会生存，不容易哟。"老叶经常幽幽地说。他说他以前租房子的经历，便宜的，远离市区，以漫长路程为代价，近一些呢，破旧的一间底层一居室，半个月工资代价，还要应酬、购置服装、书报、电子设备，收入便消耗殆尽，银行卡里的数字是几乎不能涨上去的，他还要偶尔带她下馆子，去咖啡馆——人的消费方式得看上去跟他的学历、行业背景相匹配，不是么？所以他老说，在这个社会生存，不容易哟。

"反正以后会好的。"林果管不了那些，她在他单位宿舍的办公椅后面抱住他，捂他的眼睛，给他捣乱。

她不像许宝那么爱用名牌化妆品，买衣服频率没有特别高，对时尚杂志也就翻翻而已，所以家里给的钱都是够用的，从来没为钱烦恼，一个人的快乐原本就建立在她的无忧无虑之上——什么房子、车子、孩子，户口、养老金、保险，以及支撑、获取这些东西所需付出的代价，毫无概念。她的口头禅是"反正"，反正以后，在那个未来，成熟的时候，就那么一奋斗，一切顺理成章，都会有的。

"得努力对吧？"他反过来抱住她。

可是在忙的时候，老叶说："不行不行，活还没干完，黄老师来了，黄老师来了。"他要时刻为他的公职盘算，为他的私活谋划，甚至为姜小姐的走红贡献才智，他高速运行的脑袋很少能闲下来，因为也许某一天幸运女神就要来眷顾他，让他有机会升职，让他有机会得到第一桶金，而后发迹，直至衣食无忧、功成名就、光宗耀祖……不管哪一方能有机遇，他都得做好准备——机会是留给有准备的人的。黄老师是他桌上手机里随时会亮起的那道闪电，是能让他与幸运女神相遇的那条通道，他得尽可能地跟他在一起。

起先，林果认为老叶很崇敬黄老师，所以会花费很多心思追随他，但事实并非如此。他好像有时候很仰慕他，有时候又很不喜欢。

"她现在就傍着他。"老叶看着电视里的姜小姐说。

"某某某也傍过他。"老叶很清楚的样子，"这些女人。"

在发"这"字的时候，他用了轻蔑的破音。

"他俩之间有真爱吗？"林果问。

"真爱？"老叶从鼻子里呼出一口气，"真爱都是要钱的。"

林果看看电视机里的姜小姐，又看看老叶专注看电视的脸——他很专注，虽然心有鄙夷，但老叶看着电视里的女明星似乎有些放不下的意思——那面容确实漂亮，漂亮得大多数女人都要生气。从那时候开始老叶似乎对黄老师产生了一种复杂的情绪，或许更早——虽然贵为老师，但老师却侵占着年轻男人们热切向往而又无法获得的种种资源，这能让他们平衡么？可这世界不就是这样，年轻与很多东西不可兼得。

老叶从黄老师舒适有冷气的办公室里出来，钻下人潮汹涌的地铁，又钻上热浪蒸腾的地面与林果会合。

"那孙子大茶几上有一盘桃，他尽趾高气昂地赖在老板椅上教育我这样那样，假模假式地，从头到尾没招呼我吃一个！"老叶忿忿地说。

他叫他"那孙子"，为了一盘桃子，老叶的脸红红的，额头冒着汗，连睫毛都湿哒哒的，他那由羡慕、嫉妒、恨转化而来的忿忿之情得让空调房里尊贵的黄老师狂打喷嚏吧？

许宝与袁威的关系进入狂热之后的新阶段。

"我想问你，你女朋友，你觉得她有多好？哪里好？"她有些忍不住。

"她很好，都还挺好的，挺优秀，"他缓缓地回答，"那你呢？你男友，你觉得他有多好？"

于是她不再继续。

可是很快，她又控制不住自己："怎么喜欢上她的？漂亮吗？"她想看照片。

他不给她看照片，但在她的一再追问下，开始讲述他们的故事，讲述的后果是，听完，那些溢美之词在她心里，如鲠在喉。

一个人能克制占有欲纯属未入情场之前的臆想，反复琢磨，她开始被他那女朋友虚幻的形象侵扰，更多时候，她不再想他，而不停想象她那不知身在何处的假想敌。

被强烈的好奇和嫉妒驱动，她忍不住寻找，她偷偷打开袁威的电脑，寻找他的情感踪迹。

文件夹打开了，一个年轻女人跃入眼帘。那是一个相貌平凡衣着乏味的年轻女人，似乎根本不知道品位和时尚为何物，她在照片中呆呆地立着，连个漂亮姿势都不会摆，以至于照片里的袁威都显得异常愚蠢。想到他描绘她多么优秀多么出色，许宝的脸颊燃烧起来，爱情的圣洁感暂时消退，取而代之的是某种连自己都不愿承认的恶俗想法——上当。

以丑女为情敌，是一个致命错误。但惯性令她无法脱

　　　　　　　　　　　　她们说

身，她仍然不可控制地继续跟那样一个平凡女人竞争，想象他和那个女人间的种种，控制不住内心的失衡，她开始哭，他扳住她的肩膀，问她、吻她，安慰她，叫她别傻。

她老是哭，她觉得委屈，他好像又给她造了个漩涡，她发疯般地想着那个情敌。跟一个人在一起不就是要完全占有他么？这种好胜心谁都有不是么？她最爱他的阶段就是她最想征服占有他的阶段。大概两三个月时间里，此起彼伏的折磨成为她和袁威相处的一种方式，甜蜜引退二线，纠结和痴缠成功上位，占有欲的发作使得许宝痛苦而疯狂地度过这一时期的隐秘生活。

"小宝，我们院有一个去北京学习的机会，我会争取，虽然竞争挺激烈。"电话那头，王翰告诉他。

也许一两年前，这是个令她快乐的消息，但这次，她很平静。

"好好努力。"她鼓励他。

"竞争的时候才发现，实际上我并没有自己想象的那么好。"他又流露出不自信一面。

"一个人前进的阻力就是悲观和懈怠。"许宝说。

而另一边，袁威逐渐和女友陷入冷战。

"他跟他女朋友一个多月没联系。"躺在自己的床上，许宝对林果说。

"被发现啦?"

"他说不是，是他们原本就有问题。"

"男人真贱。"

"咳——，"许宝懒洋洋地转向床的另一侧，慵懒地吐出几个字，"男女都一样儿。"

翻转过去的时候，另一件事在她心里逐步清晰起来——那就是他的上司 Max，对她有意思。

他是她的贵人，给了她工作机会。从面试那刻起，他们保持着亲切友好的关系，他总逗她，称呼她小朋友，他喜欢在聚会的时候叫上她，带她去她从未去过的地方，他总在出差过后神秘地向她招手，她便知道，又有可爱礼物。慢慢地，她便明了，他喜欢她，或者一开始她就知道了。

"不过我没感觉，他太老了。"许宝说。

"多大岁数？"

"四十来岁吧。"

"老美？"

"ABC，祖籍台湾。"

"结过婚吗？有老婆吗？"

"应该没有，咳，反正没兴趣。"许宝说。

"君生我未生，我生君已老。你跟他说：'你慢点儿老，我就赶得上爱你了'。"

六

传说中一个拔智齿饿了两天走路都打晃的女人冲进商场，顷刻间她就复活了。这个女人就是许宝——的某个女同事。血拼毋庸置疑是女人最强效的兴奋剂。

同理，逛街的时候总是许宝对这个世界最抱有贪婪之心的时候，她的脚步已经逐渐从学生时代的中友百货、君太百货转向世贸天阶、三里屯和新光天地，手里拎着H&M、ZARA 或打折 i·t，心中渴望着 PRADA 和 GUCCI。购物中心是美女聚集的场所，商品档次越高，往来女人的靓丽水平也越高，许宝常会惊叹某个姑娘的姣好容颜或大长腿，心生艳羡，也会对她们的衣着品味加以研究借鉴，以丰富自己的审美观。有时，幻想眼前的女人们褪下装扮后的样子，她很清楚，也就是姿色略好的小城姑娘或胡同妞，可是有漂亮衣服名牌化妆品加身，她们便光彩照人起来，连女人都想多看两眼。所以对女人来说，一条真理是永恒的——装扮自己。

网站、论坛上的女人永远在晒名牌服装和化妆品，勾引她也想去一探究竟。人为什么要拥有名牌拥有奢侈品？因为上档次，因为别人正在拥有啊。绚丽的杂志彩页和"此生必须拥有"的广告如同洗脑令人心神不宁，从众和攀比心跟带了锯齿似的锉得人欲罢不能——虚荣是一张大网，如果哪个姑娘能逃脱，那只是漏网之鱼。

许宝没那么肤浅，她不只爱牌子，她能鉴别各种设计的高下，她觉得她是真的喜欢某些衣服、鞋和包的美，只是——恰巧它们比较贵罢了。

吊牌显示，一件针织衫对折后的价格是 3500，许宝在心里叹了口气，把衣服挂回衣架。奢侈品店的店员用平静而高傲的目光注视着她，仿佛那店是她们家开的，又仿佛早已看穿她。许宝掩饰起小失望，悠悠地走出店门，想起袁威文绉绉地说，打折奢侈品是一种自欺欺人的伪概念。可是，那又怎样？很多人连伪概念都消费不起。

想起什么时候某个大学老师说的话："感觉自由吗？自由建立在经济基础之上，不然自个屁的由。"

猝不及防地，北京的秋天又来了，隐秘情侣关系还在继续，周五的晚上许宝和袁威各有各忙，一边跟女友陷入僵局，另一边要应付前来探望的男友。许宝知道王翰来北京的目的并非赴战友聚会，也并非仅仅来看她，他不是傻子。

小区里的情侣们牵着宠物抱着孩子在她身边悠然地来去，她穿着漂亮裙子站在小区大门口，他说他快到了，她在等他。

"等待戈多"，她想到这四个字。三四年来她好像一直在等他，从她还比较纯真的时候开始，大学以来她约会过一些男生也短暂地尝试过别人，不过他一直是她心中的正牌男友，最认真的那个。但是现在，又不一样了，她在公司里，对未来有了新认识，这样的等待也许会有个终结。她觉得，如果她不再等下去，那是因为他最终不会到来。

几辆出租车经过之后，终于有一辆为她而停下，她看到了车里那个身影，半年没见了。一股暖意从许宝腹部或者心中涌出来，顺着肢体流向神经末梢，顿时指尖麻酥酥地。王翰从车里走出来，头发又短了，娃娃脸透着憨气，他一看见她便笑了，眼神不再移开，她走向他，牵起他的手，温热的、干干的——这大手传达出的熟悉感是他独有的。

她搂着他的腰开门，她的小屋是她的净土，袁威很多次想来都未曾能来，而王翰是目前唯一可以踏足这里的男人。

王翰从背后抱着她，热切地告诉她："我们在进行考核，下个月到这边武警医院学习的名额会出结果。"

她答应着，摩挲他光洁的皮肤，并不想涉及这个话题。

他带动着她摇晃身体，像小朋友在做游戏，"你好像不是特别高兴。"

"不知道。"她知道掩饰不了。

"不知道什么？"

"不知道做这些有没有用。"

"应该有用吧，也许会给我呢。"他认真地说。

"也许，那如果没有呢？"

他语塞，好像预先没想过这问题。

沉默了一会儿他问她心里想什么。

"我想，我们应该不会在一起了。"倚在他怀里，她没有迟疑，心中所想终究要说出来。

他带着她摇晃的身体停顿在某处，继而转过来和她面对面，"为什么？我在努力啊，我在努力。"

"今年你考研了吗？你有这样的打算吗？辞职，来这儿打拼，你有勇气么？就算你可以来学习三个月，是一辈子吗？我一直在等你，你在干嘛？不是我逼你考虑，而是自己你得考虑，你的未来怎么办？我们的未来怎么办？"这是她预想中要说的话，但她没想到这么快便倾泄出来了。

许宝想摸摸他的头安抚他，可是无法控制自己不继续说下去："我现在工作有阵子了，我慢慢明白，我不会回去，你也很难过来，我们不会在一起。"

"你是不是喜欢上别人了？"所有被分手者都会这么问。

"这跟别人有关系吗？你跟一个人好，但都无法跟她在一起，这个最基本的条件达不到，如何说爱呢？"她会给他那个答案吗？

王翰的眼睛又一次失去了光芒，他用食指挡住她的嘴，示意她别再说话，她了解他的鸵鸟个性，即刻会意，不再伤他的心。

"试试吧。"许宝直视他。

好残忍，看着他失去光芒的眼睛，想到他离开后将独自咀嚼的一切，许宝的眼圈酸胀了，她转过身去。她觉得她还是爱他的，但是她停不下来，这个社会如何允许人止步不前呢？她说试试，或许这样能让他以为还跟以前一样。以前，他们分手过，也和好过，再以前，小男孩王翰教她打台球，她最喜欢开球那"啪"的一声，声音一定要响亮，一颗球上了球台，就必然被击打出去，将其他球击散，让它们运动起来，而后，才会有变化，才会有契机。是的，她热爱击球声，她有击球的欲望，她会这样慢慢解决掉正牌男友，为袁威、为自己……

七

她跟袁威又抱在一起了。她知道自己有一个无法被填满的无底洞，特别需要粘着他，用所有感知来体会他对自己有多着迷。而这个洞隶属于灵魂还是躯体？她也需要慢慢搞清楚。

热衷于用某种东西来证明自己，这是天性。

"再狂野些吧？"许宝说。

脱掉衣服后他们在床上沙发上地上翻滚，变成了另外两个人，他掐住她的脖子抽打她，她没有反对，他用手指塞进她的耳朵用嘴堵她的嘴，企图堵塞她的一切感知通道将她压抑到极致，那种被压抑痛苦到要爆裂，但在压抑中她没有阻止他，确切地说不想阻止，她期望他抽打她，用手指塞进她的耳朵用嘴堵她的嘴，她和他一样希望获取更多新鲜体验，她要从头皮到脚尖体会无处逃逸的电流最终奔向何方。

潮汐还是海啸？

她都想要。

许宝有着和男人旗鼓相当的荷尔蒙浓度，所以她比其他女人更了解男人，也更明白为什么他们被称作"下半身动物"。她和袁威的关系仍在继续，情欲依旧旺盛，乐此不疲，袁威说，节制，节制，可是许宝不服，就是要令他一次又一次筋疲力尽。非得分个胜负出来不行。他说，他跟女朋友从来没有这样——姑且那还叫女朋友。

再也不装模作样谈什么事业和理想了，身体的燃烧比灵魂猛烈。

"都是你，小欲女。"袁威刮着她的鼻子说。

然而过了几天，当这位床上的战友病倒，许宝手忙脚乱地为他拿药喂水敷毛巾的时候，"有你这么笨手笨脚的吗?!"他的大声数落让她明白了现实的男女朋友关系似乎远比情人要无趣得多。

激情浓度只停留在某些地方。

对了，当他在潜意识里把她当作恋人而不是情人时，他的本相就露出来了。他执拗的个性逐步显现，原来，温文尔雅的袁威面对最亲密的人是个暴脾气，与平日在公共场合简直判若两人，这确实有些倒胃口，而她在内心深处依然为那个令人跌破眼镜的女友而耿耿于怀。

从某天起，下了床他们开始频繁吵架，有时吵闹以喜剧收场，有时吵闹得不欢而散，冷静下来的时候他会来哄她。

因为吵架，许宝发明了一个新鲜戏码，有那么几次，她赌气说："我走了！离开你！"然后把袁威衣橱里自己存留的衣物一件件穿上身，不管好看与否地裹成一个粽子，拎包穿鞋往外走，袁威便会冲过来阻拦她，两个人又哭又叫地纠缠在一起，最终以衣服一件件被脱掉而告终，重归于好。

变成了前戏的一种。

"你发脾气的时候显得情商很低，完全变了个人。"和好的时候，她向他指出来。

"对不起，宝贝情商高，行了吧？我努力改正，好吗？"袁威求饶。

"宝贝，知道吗？其实你也很不一样，在床上的时候总是特别乖特别感性，可是下了床又变成另一个人。"袁威在她耳边说。

"一个什么样的人？"她问他。

"成熟而决绝的人。"

她没有说话，从那刻开始，她觉得自己对他的感情从顶点开始下落。

同样从某一天开始。许宝觉得，自己的工作热情高亢起来。

"天呐，累死我算了！"临桌的同事在浩瀚的邮件海洋里抱怨。

许宝与那位同事的区别在于她知道郁闷并没有用，而到任务即将完成时，成就感就会伴随好心态加倍袭来，尤其是上司说你干得很棒的时候。

没有繁忙工作，谁能看到你的才能、青春和美貌呢？好心态，服了。

似乎爱情也没有那么好玩。

终于有一天袁威开启了规划未来的谈话，谈话中已经完全把未分手的女友排除在外，这个转变使得许宝突然警觉起来。太认真地玩一个游戏的时候，就不那么好玩了。当这棵树真的可以属于自己时，她发现森林才更好些。如同跟王翰一样，她等着等着，等到了自己不想要那个结果，现在，玩着玩着，她发现自己并不想一直玩下去，起码是跟袁威。

为什么呢？

"他养不起我。"潜意识里的话她没对任何人说。而让她产生这个想法的，是另一个男人。Max，这个四十多岁老男孩，正逐渐为她打开另一个世界。

虽然身形和样貌不出众，但他有眼界和气度，他总带着笑意，带她探索有格调的生活，他让她发现北京原来比她想象中精彩，除了上班下班吃饭轧马路之外，还有那么多有趣的能让她衣着光鲜地出现的地方。当然，还有重要的一点，他喜欢她，也许从第一眼开始。

从身处小巷的特色酒吧到东方广场的君悦酒店，从有肚皮舞助兴的阿拉伯餐厅到明星出没的高端会所，都是这个城市引人入胜之地，除了香山、天安门和皇城根，作为这个国家的首都，最大最发达的城市，它的妙处不就在于此，不然，为什么来这里？许宝显然更喜爱现代休闲富足生活，而这个黄皮肤的美国人似乎比她更了解北京的繁华与可爱，所以，为什么不跟着他去了解更多呢？

小时候，她以为家属大院和骑车半天能逛完的东北小城就是整个世界，来到北京，世界变大了，这个世界不小，但是，你属于它，它不属于你。现在，她有了新体验，他让她感觉到一个人对于一个城市，不再那么渺小。

认知被扩大了之后，她便回不去了。

八

林果对男人的认知还停留在很低的等级上，尽管除了谈恋爱别的什么也没做。她和老叶的周末旅行很不愉快。中巴车上前排的夫妻头靠头睡着，老叶若无其事地剥石榴，几颗几颗地放在林果手上。他们已经好久没有对话了，尽管偶尔跟其他人对话。而冷战的导火索，林果也不明白老叶是否真的完全明白。

事情还得从三十六个小时之前说起，三十六小时前林果情绪高昂满心喜悦，因为老叶MBA班的老少同学拖家带口去坝上，二十、三十甚至四十岁的一群人一起进了村。

郊外的天湛蓝湛蓝的，云彩都被衬得更白些，透着欢快，一丝风都没有，树叶边缘泛金光。轻透的空气里，太阳似乎也起落得更利索，当天边的最后一片橘红逐步被深蓝所吞没，温度降得很快，月亮一下子就登场了。篝火生起来，火焰噼噼啪啪抖动，一只小羊在火堆上冒着油光。

这是一群智商高会学习的男女，此时大多已是各银行、金融机构的中层职员，但他们的品味在林果眼里简直乏善可陈，他们穿着各种颜色的登山服冲锋衣，有的看来价格不菲，却没有丝毫时尚味道——城东的姑娘看着城西的名校生暗自想。几个年长的男生正在兜售自己颇为得意的段子，笑点低的女同学咯咯咯笑，林果认真地观察这个群体，带着对陌生职业的新鲜感，老叶拽了拽林果的袖子悄声说："有几个人事儿了吧叽的很讨厌，少跟他们啰嗦。"林果纳闷地转过头看他，迎着火光，老叶收起正色，露出标准笑容跟着起哄。

学经管的也有各种奇人，他们有的爱大声唱歌，有的爱蹲在路口的扬尘中发呆，最有个性的是一个独来独往的三十三四岁的女人，基金公司经理，她戴一副深茶色墨镜，

　　　　　　　　　　　　她们说

任何时候都戴着，甚至在饭桌上。老旧白炽灯照得农家饭堂惨白惨白的，显着她的墨镜格外碍眼，苦瓜鸡蛋上桌的时候，林果忍不住指指墨镜问她：会不会有些暗？

她说不会。

林果又追问了句傻话："能看清吗？"

那女人说了一句发人深省的话："就是看得太清楚了，我想离这个世界远点儿。"

而当林果告诉老叶这个女人傍晚五点换上一种看似挺高档的软底鞋独自出门跑步时，老叶轻蔑地说了句："矫情！"他讨厌这种不年轻且自以为是的女人，独立女性。

另一个令人印象深刻的是一个二十四五岁年轻女人，老叶同学的新婚媳妇，虽然是理工女，但眉目长得颇为娇俏，朴实衣着掩不住天然的媚，她小小的身子总是如藤蔓般缠绕着那个壮实老公，抬头仰望低头亲昵，就像长在他身上。跟许宝有那么些神似的地方，林果在心里评判了一下，但发型和穿着差得远，品味问题。但慢慢她发现，自以为是的品位不一定代表魅力，人家在其他方面显然开窍比自己多，除了粘着老公卖弄幸福之外，这个年轻女人可爱的神态和只言片语很快吸引了男人的目光——这里特指老叶的。老叶有时偷偷地瞄她，那眼神，眼珠与眼皮的配合，极其迅速，他自认为掩藏得很好，不幸的是，林果虽然不看，但用余光捕捉到了。为什么不正大光明地看？！有个日本作家说，女人在未谈恋爱前不知道男人的下流，或者说多下流。这偷偷的一瞥与又一瞥，拨动着林果的神经，显然对二十五岁的晚熟女青年而言，来得有些突然，又超出了她的理解范围。

遭遇了许宝曾经面对的问题。

对旅行而言，团队餐显然捉襟见肘，十来双筷子各捣两下，粗鱼笨肉很快只剩下汤汁和骨头渣，"来点儿'老干妈'！"林果这桌的男人们大声叫嚷着——出门旅行不就是花钱买罪受么？

"赞助你们半盘鸡蛋。"年轻媳妇走过来娇滴滴地说，几双筷子迅速伸过去，林果抬眼，看见她在笑，转身之际又带走老叶迅速而隐蔽的一瞥。

林果没有直视老叶，但她的心一直都在他的脸上身上，老叶那一瞥更加充分地打碎了她的欢快，从那个瞬间开始，她的脸颊和嘴角就像泄了气，再也无法笑颜如花啦！

老叶跟同学们在屋内炕上玩"杀人游戏"的时候，林果在屋外跟几个人唱了一晚上卡拉 OK。老叶在"杀人"间隙曾经一度走出来参与，她不看他，自顾唱歌，老叶碰了冷屁股悻悻离开。那个晚上他们隔着一道砖墙看似各寻其乐，墙内墙外心情怪怪的。

"刚才亏好杀了他。"去洗漱的路上，一对"杀手情侣"忍不住愉快回味。

"哈哈哈！"其他人以他们的愉快作为笑柄。她笑不起来。

心无旁骛是感情里的至高境界，通常很难做到，大多数人明白以后能做的是睁一只眼闭一只眼，但没有人会开心，除非是没有付出。林果的眼闭不上，因为她的人生这一课才刚开始上，还在心气儿高的时候，二十五岁就是要生二十五岁时的气，没办法。深秋早晚的温差就如同林果的心情，凉得刺骨。简单洗漱之后，他们没有道晚安和告别，她睡在农家院的女生宿舍里，迎着窗帘布上透进来的月光，看见金融女躺在对面，墨镜终于摘下来了。金融女好像看出什么来了，温和地注视着林果，问她冷不冷。林果蜷着腿缩在被窝里，感觉到鼻头冷冰冰的，鼻子里呼出的气居然还能看见。

老叶显然也有他的心理活动，第二天起来，他装作若无其事，既不问她也不哄她，明确而坚定地不放任她。他依然精气神十足地跟同学们谈笑风生，上到国家大事下至健康保健，但林果感到，独处时他的态度是冷漠的，比她冷漠多了，尽管他还会把石榴一颗颗地剥在她手上。

在这样的博弈中，林果一面生气一面又懊恼，不知道老叶的心理活动是什么，冷战将如何化解。旅行结束，林果的情绪也由愤怒继而变为忐忑，形势由上风逐渐转向下风。

回到城里，她坐上出租回住处，两人简单地挥了挥手，面色尴尬，她坐上车回头看他，他也看她，眼角和嘴角都挂着，透着不是滋味的滋味。

"你输了，"许宝说，"贱人得逞了。"

可林果还不懂这是为什么。

"这是天性，是由他们的荷尔蒙造成的，如果没什么大问题的话，别太当真。我所说的大问题就是一个人的人品、品性问题。当然这跟人有关系，比如王翰，自从被我教育以后，他就目不斜视了，我不觉得是他天性不想，而是他在意我，知道我在意，这证明他如何对待我如何对待爱。"许宝还在用王翰做例子，若无其事的语气下流淌着一些难过，"第一，你犯了个错，让一个男人在众人前没面子，这是大忌。第二，你们确实出了点儿问题，有问题就得解决，赢取主动。但是——要注意技巧，没有技巧，一切沟通就是徒劳，不要指责，而要用委屈伤心的语气告诉她，你为什么会那样？是因为你爱他，一切是因为爱——本来就是这样！懂吗？让他发现是自己的问题。大多数男人是不明白的，得让他们明白。他在调教你，你也得调教他，懂吗？"

许宝的大段阐释表明了爱情也存在浓厚的厚黑成分，复杂了，"有意思么？"简单粗暴的人对此失望。

"有意思啊"，许宝优雅地抬高声调，"本来就是一场博弈。"

仔细回味了许宝的教导，在脑海中把要说的话过了两遍之后，林果给老叶打电话。

老叶的声音从那边传来，亮亮的，还是很好听。

她们说

"我挺难过的。"几秒的尴尬之后她慢慢吐出几个字来。

"怎么了?"就好像没发生什么事。

"因为今天,我们俩不高兴了,你不高兴了。"林果在被窝里挤向墙角,收敛好自己的声带,六分真切混和四分技巧,力求自然而又带些楚楚动人可怜兮兮。

"是吗?"老叶并未否认,但继续装傻。

"我有些失态,没控制好自己的情绪,让你在同学面前难堪了,可是,因为你老在我面前看别的女人,那个老王的媳妇。"关键内容如同堵在胸口的砖头,终于扔掉了。

"这样啊。"果然,如同许宝所料,毫无防备,老叶被温柔地命中要害,停了两秒之后,声音变得有点儿虚。

"回来我也很后悔,可当时我就是控制不住自己,越在乎就越容易生气,人不都是这样么?"林果继续为自己作解释。

话筒那边的老叶很安静。

"对不起。"林果轻声嘟囔,尽管她心里并不这么认为。

显然,效果是好的。

"是我不好,应该说对不起的是我。"沉默了一会儿,老叶也有了姿态,"对不起。这个,我想解释一下。"

他不是对她感兴趣,是对他们这对著名情侣感兴趣,所以观察了观察,好奇心重了些。老叶说出了自己的理由。

没什么理由不相信,再追究可就是胡搅蛮缠了,乖女孩觉得得适可而止了。重要的是他们和好了,好歹算是和好了。

"小丁未来的丈母娘让他牵马，看来老太太喜欢他。"和好之后，闲聊开始了。

"呵呵，小朋友，"老叶笑她只看到表面，"你注意了么，他们吃饭都不在一桌。"

丈母娘为什么不喜欢？林果觉得小丁的姐弟恋谈得挺好。

"在找男人这件事上，女方需要的是一张长期饭票。"老叶说。还有，他俩能在一起，那是年轻的小丁被那老女人"套"住了。

老叶真是个洞察力极其敏锐的人，一切细小模糊的事物都能在他眼里现形，或者说，大多数事物被他解析过以后都会呈现出现实而又不堪的一面。"长期饭票"四个字的余味回旋在心里，很真实，却隐隐散发某种丑恶味道，令乖女孩不好意思深究。

"那我'套'住你了么？"她问他这一句。

"没有，我在努力'套'住你。"他的姿态听上去不错。

打完电话，林果一个人躺在合租房的床上仰望天花板，品味自己和好后的心情，发现人一辈子可能要说无数虚假或言不由衷的话，做很多刻意而为的表情，情侣也不例外，如果时刻都表达真实的自己，人和人便无法好好相处，哪怕维持表面亲热。

聪明人习惯战略优先，以技巧和心机代替美好，许宝

　　　　　　　　　　　　　　　　　　　　　她们说

的爱情"博弈"论与老叶的直露描绘够她消化几天的，好残酷，难道真是一场博弈？而事实是，自己正用言行来证实它。唉，too young, too naive。

冷战与和好之后，她不知道老叶对自己的热情变化了没有。

九

任何一个人的性吸引力总有它退潮的时候，退潮以后，精神部分也随之不如先前美妙，许宝还跟袁威缠绵，或者叫疯狂，但感觉已不复如从前，她知道自己走神了，头皮发麻的时候又一次听到了远处逃离和背叛的号角声。就像先前想得到他，尝尝他的滋味一样，一个念头被引发出来便越来越清晰立体无法再被塞回去，只能让它成形、实现，直至消散。

她觉得是时候铺垫自己的立场了。

晚归的路上两个人有些沉默，虽然都明白是为什么，但还需要一个契机挑破。

"怎么了？"袁威率先没有忍住。

"你为什么？"许宝先发制人。

"什么为什么？"

"刚才看见熟人，立刻把手松开，好像咱们是路人似的。"

袁威知道了，那是在偶发状况下，他下意识的慌乱。

"我明白，我还是个隐身人，不该跟你一同出现。"

"你说哪儿去了，给我时间，好吗？我会解决好。"袁威一边开门一边解释。

在屋里站定，继而安抚他坐下，许宝认真地说："咱们好好谈谈，好吗？不需要任何不好意思和隐瞒，咱们之间不需要这个。你是不是舍不得她，觉得有责任，觉得难以启齿？对这件事情不好意思？"

实际上许宝又准备在台球桌上击球了。"啪"地一声，让它们运动起来，然后，才会有变化，才会有契机。

"对，是有些。不过，这跟感情没关系，我现在很明确，我爱你，我现在爱的是你。只是还需要些时间。"袁威说。

停顿了一会儿，他凑到她面前："我们在一起吧？"

"什么叫在一起？但是你对她负有责任，也有一份感情，不是吗？"

"有是有，她是个挺好的姑娘，但毕竟只能选择一个，我也不想耽误别人。对吗？"

"你是不是很为难？而且我也知道你必须面对那些评判和流言蜚语，所以，我理解，我不会逼你，我也想明白了，在一起的那些记忆才是最珍贵的，占有，其实只是爱情的一部分。"

某些字句触到神经，袁威突然认真起来："你说这些什么意思？我怎么没听懂。"

"就是字面上的意思。"

他确实没听懂，但是情绪却不可遏制地上来了："你还是怪我，折磨我，我也很辛苦，我在这段感情里很辛苦，为什么？因为我在乎你，我也希望有个圆满的解决，可是我的努力你永远看不到！"

他情绪又上来了，许宝端茶杯的手悬在半空，心里那句更加激怒他的话没有说出口——"辛苦？放弃好了。"

显然，袁威生气的阀门已经打开，重重地打开笔记本，不再理她。

她不想跟他在一起待着了。看着他上网刷新闻的背影，许宝穿上刚脱下不久的鞋，开门离开。这次，她不希望他来追她，他也没有。

午夜的自己家比想象中难回，五分钟或者更久过去了，一辆出租车都没有，空旷的马路和路边三两个游走的陌生男人让许宝心生不安，她三步一回头地沿着马路牙子快步向前，心中已经开始打鼓——是不是要回到袁威那里？可袁威却似乎只顾沉浸在愤怒里不管她了。失去陪伴与保护，一个人的夜晚令她不知所措，路边的男人如同缓缓前行的野兽令她越来越神经紧绷。突然，手机短信响了，悬着的心房又狠狠地颤了一颤，血管极度收缩，而这个短信似乎给她带来了好运，在她伸手往包里摸索的时候，一辆出租车神奇地从街拐角迎面而来，亮着空驶灯！她如同遇见救星，快步迎上去招手上车。

车门"嘭"地关上，世界安全了，谢天谢地。短信不是袁威发送，它来自老男孩 Max 此时此刻的某种情怀："许宝，我路过长安街，北京的夜很亮。"

安放好紧张忐忑的心，暂时抛却和另一个人相处的不快以及刚刚经历的慌张，在这场她所认为的"营救"中，老男孩的文艺腔参杂着与生俱来的随性、童真以及这些上层建筑所需要的经济基础，在她心里产生了微妙的化学反应。

一个念头被勾引出来，其他一切反方向念头都压不住它。这个晚上没有新井、Wendy 或者任何其他人，西餐馆里只有 Max 和许宝，逐渐甩掉那些配角，这是主角的独处时光。

"那么，刚才说的电影，你都有吗？"许宝问。

"想看吗？去我家？"暧昧的气息开始蔓延，平静氛围中，荷尔蒙在翻腾。

许宝静静地看着他。跟上司有那种关系是否明智，她在犹豫挣扎，虽然此前她在想象中已挣扎过好多遍，但那只是给自己的欲望提供一些缓冲，偷吃的念想还是必然占据上风——他的皮肤黄黄的很干净，睫毛稀疏而轻盈，又是另一种男人，又是另一种皮肉带给人的遐想。不能否认，除了年轻和帅气，这个男人有他的可爱之处。

而 Max 此刻同样愉快地欣赏着她的脸，在前几次相处时，他已经告诉她，自己处在"空窗"期。

和袁威已经冷战两天了，尽管他的样貌还是青春洋溢的，抛开皮肉的小格局，成熟男人究竟是一道什么样的风景？在思考的过程中，她悄悄关掉了手机。

那个晚上，她走进了 Max 的大公寓。

其实，终究有这么一天。

走进茶水间的时候袁威默默跟过来："昨天你去哪了？"

"你说去哪了？"

"关机了。"

"我只是不想吵架。"

"我跟她正式分了，你还想怎样？"袁威激动地表白，许宝把食指放在唇上，示意他小声。

沉默了一会儿，袁威靠近她，用胳膊贴着她的，歪过头来示好。

没有理由拒绝，就算是重归于好。而当她走到 Max 办公室门口时，透过玻璃门，看见老男孩正坐在自己舒适的椅子上谈工作。

袁威的决心终于下了。这天，他郑重地对许宝说，与女友的冷战与争执不知不觉已经历一年，现在，他解决了。

在袁威的计划中，许宝这个隐形女友逐渐现身的时候到了。

他殷勤展示诚意的时候，她已经没有了欣喜。

走进晚间的 KTV，许宝看见一群自己不认识的人——袁威的朋友、老同学。

"这是我女朋友，许宝。"袁威热情地介绍。

于是他们招呼她坐下，老同学们略带审视地打量她，显然，作为一个不知从何处杀出来的"新人"，她和这群人在气场上并不融洽，袁威倒是一首接一首歌地卖力演出。而这个时候，她的短信亮了。

"今晚来吗？有新电影。"Max 说。

想逃的心得到了推动，不过她得想个办法。

她到走廊给林果打电话："我跟袁威的朋友们一起唱歌，很无聊，过十分钟你打给我，跟我说有事需要我，好吗？"

十分钟后林果的电话如约而至，她编排了一个理由脱身。

走进 Max 的公寓她脱下高跟鞋，掂着脚进客厅，看见老男孩穿着睡衣坐在地板上，手里拿着红酒。

"我得说个事儿。我们公司那高层，那个 ABC，Max，我去他家了。先说是看碟，然后，我们就上床了。"三天后的周末傍晚，许宝坐在自家地板上。

"我猜你终究会尝尝这个男人的。"林果说的没错。

许宝扑哧笑了。

"还不错，成熟，有经验。老外性文化不一样……"她开始回味那晚的情形。

"他是中国人好不好？"

哪国人已经不重要，她只记得他像摆弄一件心爱玩具一样温柔地摆弄她，在那张比其他床都要高出许多的美式大床上。

"袁威呢？"

"跟女友分手了。"

"怎么办？"

"我知道这样不好，我也很纠结，但是 Max 又来短信了，说希望见我。"许宝把手机伸过去，里面是英文的追求和引诱。

"这样很危险。"林果说。

"可我真的觉得袁威不适合我，"许宝异常苦恼地说，"他的坏脾气让我很厌恶。"

细细琢磨了一会儿，她打通了袁威的电话。她说，自己跟林果在一起，要待一晚上。林果在她示意下接过电话。

跟袁威寒暄完，林果心里怪怪的："你跟那老男人怎么办？"

"瞧你说的，他哪有那么老？"许宝脸上已经写了四个字——欲罢不能。

她走进浴室："他总想着我，甚至在伦敦看见一件小皮衣就买来给我，还有全套设计书，从没有人送过我跟设计相关的东西。他说，看第一眼就知道是我的，你明白么？他很用心。不行，我得当面跟他说，这样不对，得停止。"

"我去找他，跟他好好谈谈。"出来的时候已经散发着夏日香气。

"洗澡干嘛？"林果追问她。

许宝不回答，转过脸征询她的意见她头发是盘起还是放下。

林果明白自己上当了，她说"我想你了"，她就来了，而她只是被做成挡箭牌，当然袁威也上当了。

"我不是需要你帮忙么？男未婚女未嫁，为什么不能交朋友？"许宝低声撒娇。

"道德感很低唉你。"被人利用的滋味，谁品尝起来都不会觉得愉快。

"对，你说道德感说我贪心自私没问题，但我有我的原则，我并没有找已婚男人，"许宝转过脸来，认真地说，"我只是希望有机会选择。"

争执并不能有结果，两个人不再说话，离开了那间屋子。

晚间的路灯下聚集着疯狂而躁动的飞蛾，再往下，是两个等出租车互不说话的姑娘，一对闺蜜。久久不来的出租车像是在给她们时间思考、消化。很年轻时就在一起，这叫"识于微时"，而且，如果继续走下去，各种男人跟她们在一起的时间将远不如她们在一起的时间长久。宿舍、澡堂、家里，互相什么都见过，赤裸裸地坦诚相见，灵魂深处的现实与丑陋如何就不能？只有彼此能看得到。

不只一辆车开来，气氛缓和下来，那一刻老友之间产生了一种共同心理，如同恋人吵闹后的谅解与不舍，道理相通，又有所不同——唉，为了男人，何必呢？她不是老叶，她也不是袁威，她们通常同仇敌忾。

摸摸彼此的胳膊，各自上车。

一天后，回到袁威家的许宝，身上已经沾染了 Max 的气息。

"明天约了两个同学，他们想认识你。"袁威从书桌后面站起来。

"我不想被审核。"她觉得他的朋友们并未接纳她。

"行了，别小心眼儿。"他走过来安抚她。

"不行，明天我有约。"

"跟谁?"

"Max 和新井。"

"那个 Max 为什么那么爱找你，还送礼物，是不是想追你?"

"他一直对我挺好的，"许宝没有迟疑，"你也知道，我进公司，他算贵人了。"

"什么贵人，仗着自己有钱有势呗。"袁威冷冷地说。

她还是想和 Max、新井在一起，而不是他的老同学。

"我说了他们没有考核你，是你自己多心了。"他开始急躁，声量也高起来。

争吵像是一种顽疾，有了初次就永远痊愈不了。许宝不再答茬，把挂在他衣橱里的衣服一件件套上身，开门离开。

以前，袁威总会赶紧跑过来，拽住她，一件件地把衣服都脱下来，塞到柜子里，然后和她相拥在一起，那时候，他们把这些行为作为一种调剂，但现在，没人想要调剂。

袁威起先没有追她，而等他追出来的时候，两个人已经在马路边上。

"你非得这样才高兴是吗？非得这样！"袁威大喊。

"不是我喜欢，是你喜欢！"许宝回敬他。

就这样，伴着汽车的飞驰声，两个人在马路上吵。

"别无理取闹了，有话回去说行不行？"袁威拽她的胳膊。

"我不想跟你吵，不想回去跟你吵！"许宝挣脱他的手，站立了一会儿，"我想我们俩其实并不合适，只是一时有某种吸引力。"

这句话一下子刺激了他："你现在跟我说这个！你现在跟我说这个？"

袁威恶狠狠地盯着她，那眼神让她有些害怕，这下，她更不会回去了。

"请给我们时间冷静，而不是循环往复。"许宝不愿意再跟他对话。

"我靠!"袁威把气撒向路边的可乐罐。

呆呆地站了一分钟,或者叫忍耐了一分钟以后,许宝招停一辆车,迅速钻进去关上车门。太折磨人了这爱情。望着袁威愤怒的身影在后视镜里远去,她突然想到了王翰,她已经有阵子不想他了,她的情感生活太忙了。王翰从未对自己发过火,可爱的傻瓜,那一天,在他们相见之后,他不问,也不说,默默地走了,整个人像被抽去了什么,现在,他在独自吞咽痛苦吧,他多么隐忍啊,许宝倚在后座上,在第二次击球时品尝对第一次击球的愧疚。

但是她还得击球。值得庆幸的是公司够大,创意部在另一头,一年前被看作阻碍的装潢格局现在变成了好处,第二天整个上午她都在座位上待着,不想去公共区域。现在她更想见的是那个灰花头发有艺术范儿的男人。是的,人的本能就是追逐身边不属于自己的东西,却逃避试图紧抓他不放的那个。

十

"我想问你,公司里有个小伙子,袁,他是不是喜欢你追求你?"晚饭时间,Max 和许宝面对面坐着。

"是的,我们约会过、相处过,但是现在……"许宝皱皱眉,有点说不下去。

"噢，你没有必要告诉我，这是你的生活。"Max 打断她。

"怎么了？"

"他看上去不错，干得也不错。不过我发现，在公司里，他瞪着我，不太友好，我想可能是因为你。"

想到袁威的眼神，许宝只能慢慢地吐出"抱歉"两个字。

"其实，有竞争者我一点都不奇怪，只是希望没有打扰你，还有，我想问问你，我有没有机会？我有没有资格追你？"

这就是成熟男人，一个思想开化的成熟男人，老男孩的话给予她暖意和强烈的安全感，尽管她并不能确认那感觉是否与爱情相关，看着他极具个性的头发和温和的单眼皮，她必然要以笑容回答这个问题。

给与一个人更多机会，就意味着必然要削减另一个人的机会，甚至，剥夺他的机会，仔细考虑了三个晚上之后，她悄悄地全面撤出袁威的公寓，单方面宣布恋情终结。

然而袁威在感情的第一次换档之后，还不能迅速地完成第二次，他执拗地需要一个解释。

两个星期，某小区的保安总会看见一个年轻男人在大门口徘徊，那是袁威，这个时候他才发现，自己甚至不知道许宝的具体住址。

许宝心神不宁地走着，几天来袁威的找寻纠缠令她寝食难安，但她必须回家。突然出现的身影吓了她一跳，灯光下，袁威站在她面前，瘦得脱形，袁威说，别怕，我只是想跟你谈谈。随后的三天他们每天都谈，谈论的中心始终是为什么？为什么？为什么？

"为什么就这样走了？是不想跟我在一起了吗？我做错了什么，你可以告诉我。"他终于来到她的小屋了，他有很多问题。

"我累了，觉得我们不合适，性格中有很多不能相互妥协的地方，就算在一起，最终也一定是悲剧。"

"你是不是想跟他在一起？那个 Max。因为他有钱，因为他成功，想跟一个那样年纪的男人交往了？看看这些东西，是他送的吗？你是不是为了这些？这些真的很重要？钱和权让那个男人有魅力了？"

许宝把那些高档化妆品塞进塑料袋里，迅速地拎进楼道扔进垃圾桶。

"不要意气用事，好好听我说，我们的事，只和我们自己相关，不要牵扯别人。我们不合适，就算现在勉强在一起，最终还是会不欢而散。你不觉得吗？我们的性格都太强了。吵闹不休的生活是你想要的吗？几年后十几年后会怎样？我不认为你现在纠结是真的因为你有多爱我，而是你不甘心。你觉得自己是被甩掉而不甘心，但其实，我们是和平分手，原因只是我们合不来。为了你，也为了我，我们要面对。"她跪坐在地板上，试图说服。

"那你为什么要开始？"爱情就像两个人拉橡皮筋，受伤的总是不愿放手的那一个，袁威睁着发红的双眼看她，心里应该有一句他始终说不出的话——"为了你，我放弃了原来的女朋友。"

可是对于许宝来说，眼前这个纠缠不休的男人，光环已彻底消散，完全不是当时她热切迷恋的那一个。

"并没有人规定开始了便最终一定要在一起！"说完这句许宝崩溃了，嚎啕大哭。

袁威也哭。两个人如同打了架的儿童，各自哭得极其狼狈。

这就是所谓爱情，爱情的某一种。

"活该。"观念相对正统的朋友听罢，心里淡淡挤出两个字。

说理比吵架还累。许宝的逻辑终于在某一刻令袁威没有绕得出去，于是，颠来倒去谈了若干遍哭了若干遍之后，他不再辩驳，精疲力尽地离开。

两个星期以后，他辞职了，只有个别关系密切的同事知道，那叫愤然辞职。

一对元气大伤的隐秘恋人正式分道扬镳，于此同时，公司里诞生了一对正大光明的新情侣——Max和许宝。

"你知道，在西方社会，dating（约会）是一回事，

relationship（关系）是另一回事，dating 是尝试，也可以发生什么，感觉很美好，希望能有进一步发展，才会有机会进入 relationship，甚至走向婚姻，我觉得这样是合理的，并不代表不好好珍惜。可是在中国人的观念里，两者通常捆绑在一起。"

"现在已经改变很多，特别在大城市，不是吗？"和 Max 关于两性关系的对话正在进行，许宝如同一只猫蜷缩在沙发上，调整出一个合适的姿势，仰起头，"我不是为了尊崇传统而生活的人。"

"其实，我有直觉，我知道我们会在一起，你会是我的女孩。"Max 说。

许宝报之以微笑。

如果你只见过一个人的中年，那么就要到相册里寻找他年轻时的样子。

"当时好年轻。"

"那是在纽约的时候。叫什么，青葱岁月？"

"某些人邂逅了你的青葱岁月。"许宝想起 Max 书房里的一张黑白照片，一个颇有气质的华人女孩对着镜头微笑。

"你确定自己没结过婚吗？"她想确认一下。

"这个问题问得好，没有。"Max 回答。

他说曾经，二十几岁在香港时，有一段很美的感情，不过他没有坚持到底，可能因为害怕责任。

"还有什么女孩？"

他说在台湾时有。

"不过，我现在喜欢一个女孩子，她来自中国北方。"Max摘下眼镜，平静地说。不得不承认，这是一句极文艺、温暖的告白，从一个走过很多地方、见识无数风景的男人口中说出，更是一种莫大肯定。

没有理由不热切地抱紧他。

十一

"你的皮肤像细沙，海滩上极细极细的沙。"拥抱着的时候老叶说。

是吗？林果在心里记下了细沙。类似的话许宝也说过，许宝说喜欢蹭她的皮肤，就像喜欢把手伸进超市的大米中，而她的手对许宝的肌肤记忆是另一种柔软、干爽与光滑。每个女孩都有自己的质地，像羊脂、像白玉、像细沙、甚至像大米，先天不足还需后天滋养，电视广告尽是靓女鼓吹肌肤嫩滑的方法，仿佛女人就应该是一条条滑溜溜的鱼，等待别人检验与鉴赏，可女孩该什么样是谁定的呢？女孩到底什么样只有她们自己知道。就像以前在宿舍在家里，她跟许宝高高兴兴搂着取暖，不需要男人抚摸，不产生情欲，身体粗糙的时候，精神出奇地快乐呀。

"那我的心灵哪？"她问他。特想得到一个令人陶醉的回答。

"单纯、善良，我最欣赏这两点了。"老叶充分地肯定了她。

是的，她要摒弃那些显得不单纯、不善良的处事方法。

他还说过他喜欢好姑娘，讨厌那种物质女孩——那些跟男人要钱、要房子、买这买那拿男人当提款机的。

她得自觉自立呀。

她为他塑造着自己。

吃吃喝喝的时候是快乐的，她手拿冰激凌走在购物中心里，走过商店橱窗的时候，看见一条连衣裙，"好漂亮，"不由自主地说，老叶也抬眼看了一下，"进去看看吧。"

裙子确实好看，她抚摸着它的鲜艳印花，但是牵着老叶的手，她又不好意思了，喜爱表达得太强烈就成了暗示，连自己去交钱呢，也都成了暗示——将男人放在了替不替你掏钱的那种处境之下，她那么乖，是不好意思把老叶放在那种处境之下的。她知道他会给她买东西，但是他不喜欢女人主观想要。他们牵着手走出了那家店，她不是个物质女孩，她是个好姑娘，好姑娘偷偷想：还是改天，没人管的时候，独自再来一趟吧。

"看那姑娘，短发剪得多酷啊。"她有别的想法，"我都想剪头发啦。"

老叶斜眼摇了摇头。

她打消了那个念头。

她说下周公司开会，去趟束河。

"帮我带份地图吧，有当地特色的。"

她还不知道他对地图有兴趣。

"有个朋友收集那个，办公室原来的小秘书。"

他不止一次提到那个小秘书啦，她调到另一个部门的时候他们还互送礼物。

"女朋友出差，还要为你那小秘书带礼物呀？"林果略带不满地说。

"就是一小丫头，还没长开哪！"

她便不好再说了。

林果像品味嘴里冰激凌一样品味着她和老叶的关系，甜美啊，但是似乎还缺一点儿——距离那个最开心的境界，就像冰激凌带给舌头与口腔的感受，醇度不够，有点黏——反式脂肪酸加多了。那个一点儿是什么呢——自在、畅快。还不能尽情潇洒。所以，尽管谈了这么些日子，尽管他形容她像细沙，他叫她留下来过夜或他申请去她那儿过夜的时候她仍然犹豫。过夜，不就是那什么么？她希望，却又不那么希望呀。

她又舔了一口，还是黏，可是，许宝怎么就那么容易？而且，为什么她就能说心里的话？

许宝瘦小光洁的身体在 Max 怀中，现在她属于他。每一个理智的人类在身体热情放纵之后，都能清醒地审视自己的感情，器官深处的本能震荡平息之后，许宝被老男孩抱着，在昏沉沉的睡意中感受相拥的意味。心灵深处的另一个自己很清晰地向她传达某种信息——他带来的肉体新鲜感和物质享受在这样的共眠中占据更重要位置。她赶紧关掉信息通道沉入睡眠，因为在两性关系中，模糊通常比清晰要好。

一个月后，许宝的升职 party 结束时，许宝摇晃着 Max 的手问他："你说，这是我应得的，对不对？"

"当然，你干得很好。"

"可是，有人会觉得我能得到这些，是因为你。"

"不会的，他们有吗？如果你没有能力，你也干不了不是吗？你是个好员工。相反，我觉得他们会认为你事业爱情都有不错的收获。"Max 显然是上面的人，境界、视野都更开阔。

尽管工作与业余聚会玩乐没什么变化，许宝还是感受到了同事们的客气与生疏，当她和 Max 成为一对的时候，也就逐步脱离了普通职员的圈子。或者，他们将她挡在了外面。

反复思忖一两天之后她便释然了，不管怎样，混得好与不好，他人都会有各种想法，职场就是这样，社会也是。

所以，管它呢。

对于外企职员而言，升职加薪往往是通过跳槽完成的。

人们需要通过这个来实现自己的价值。

晚间的派对是为了欢送同事 Bella 离职。

"干杯!"大扎啤酒干着,同事们站起来。

"我三十岁了,时光转瞬即逝,这份工作发展得也不是很顺。老实说现在年薪 13 万我不满意,ps,还是税前,干咱们这行,或者说在公司干活,不跳槽,靠 promote,比较难飞跃,这个上海公司挖我,条件开税前 18 万,职位有一定提升,我挣扎了一段时间,因为需要换城市重新生活。后来开到 23 万,得了,去吧,跳一跳才能有前途。或许一直待下去,或许过两年杀回来了,以后的事谁说得准呢?"Bella 说。

"快翻倍了,来,为 double 干杯!"大家应和。

"试用期小硕士没什么发言权⋯⋯不过我觉得对于跳槽而言,钱不是最重要的因素。"新来的姑娘插话说。

"妞,话别说那么早。我当年也这么想,后来我发现,要有了钱以后才能这么想。"Bella 对她摆摆手指头,"现实践踏了理想。"

"房价太贵了,每天睁眼都想着还房贷。我还没有马上跳槽的念头,但未来⋯⋯谁知道呢?也许会业内跳槽,也许去企业做财务,甚至跳到一家中资会计师事务所,争取做合伙人?"财务部的同事端起杯子,"大家都在对号入座寻找自己的阶层,工薪想成为白领,白领想晋升富豪,绕来绕去,都是不掌握生产资料的人的梦想,我琢磨自己的阶层，想了半天，最终总结成"游离阶层"。

"为了'游离阶层'，继续干杯!"不知道谁起哄，又有了酒杯碰撞的理由。

许宝也跟他们碰杯。

"你是有钱人阶层啦。"几杯下肚的 Bella 对许宝说，"美眉，相信我，将来你会更好的。"

Bella 话有所指但也肯定了她，没什么可不高兴的，于是仰头喝酒，扎啤的清凉从喉头缓缓流进心里，是的，她说的没错。

对了，还有 Wendy，她转过脸，看见斜对面的 Wendy，这个自己与 Max 爱情的见证者正看着自己，四目相接，Wendy 对她抬了抬眉毛。

喝的有点儿醺了，微醺，最好的状态，但很清醒。在酒吧温热的空气里，许宝垂下眼帘，她知道，在这场人生马拉松里，跑得越久，差距才会拉开，到时候可能一转脸，当时当日的人都不知道去哪儿了。

现在，各自的奋斗只刚刚开了个头而已。

十二

人生马拉松，前后左右大多数人都是无关紧要的，而有些人，注定是要长久牵挂，譬如王翰之于许宝。

武警医院的事到底是没戏，王翰没有来北京。和 Max

恋爱后她告诉他，自己有了新男友。

他没有刨根问底，他说："你好，就好。"于是这个分手异常简单。虽不是名校才子，但王翰在这件事上的领悟力显然比袁威要强。

但是他忘不掉她，他半个月发一次短信，简单询问她的生活，只字不提其他。

简单的话令她的心阵阵发紧，如果他真能来北京，会怎样？

"Honey，"Max 在沙发上叫她，"你在干吗？"

"在干活啊。"放下手机，许宝回应他。

"干活？小时工不是正在干？"卫生间里，一位阿姨在擦地。

"帮你收拾票据啊。"看着桌子上的零乱的车票和餐票，许宝想起接收短信前自己干的事。确实，她很纳闷，没有她的时候，Max 的经济事务如何处理。

"没关系，不用太费力。"而他把他的精力放在他的莱卡镜头上，反复端详。

"这是你买的第几个了？"许宝问。

"第 n 个，哈哈。"老男孩自豪地笑，把镜头排列在茶几上。

"好几个爱玛仕。"许宝端详着它们，喃喃自语，商场橱窗里的大牌包包浮现在眼前，虽然她并不知道它们为什么那么贵。

他愉悦地问她："宝贝，Jeffrey 约我们明天自驾去十渡，骑摩托去，赏光吗？你可以穿上拉轰的皮夹克，坐在我的车后，然后……帅呆了。"

她对这类活动并没有兴趣，但是看着 Max 期待的神情，没有拒绝："我想，如果你热烈殷勤地邀请我，也许我会考虑一下。"

"好，我的姑娘，我没有马，但我有摩托，明天骑着我的摩托来接你，去一个世外桃源。"

还世外桃源。她端详着他，如兄如父的他，而有时候他又变成了她的小伙伴，一个顶着灰色头发的小孩。

果真，在 Max 的热情感染下，两个人第二天五点就出发了，穿着拉轰的情侣皮夹克。

英国美国马来西亚的哥们儿也来了，七八两摩托车蓄势待发。他们真有趣啊，她看着这些外国人、外企高管心里想。她知道要去哪儿，他们渴望的京郊就是北方最常见的农村，那些农家菜也不过是哪儿都能吃到的粗鱼笨肉，可是显然，他们欢快的很，如同蜜罐里的孩子兴高采烈地去吃忆苦饭。

"hoho! 出发！"

领队振臂一呼，车队轰轰轰地行进了。阳光明媚，但是灰沙很大。

"Max 我后悔了，我觉得脸上、鼻孔里都是土。"她紧紧抱着他的腰。

"没关系宝贝，你看，这就是中国北方，多有意思。"

"好好开，保证我的安全。"飞车的速度让许宝有些害怕，她只好继续抱紧他。风从她脸上划过，她靠在他背上。Max的背是柔软的，骨架偏小，某一个时刻，她想到了王翰结实硬朗的背，在家乡某个下午，阳光下，她坐在自行车后座上，抱着他……

显然，对许宝来说，这是个没什么趣味的周末，回到家照镜子的时候，她觉得自己被吹得跟小鬼似的。

"天哪，你看看我，看看你自己。以后不要带我去'世外桃源'，我再——也——不——去。"她把最后四个字拉长。

Max觉得没那么糟，脏是脏了些，可这就是北京、中国，混乱、热闹、自在。

"我喜欢待在干净有序的地方。"许宝说。

"你看我多爱它喜欢它，这是个神奇的国度，哈哈。"

"因为你是外国人，没有切肤之痛。"

当许宝洗完澡敷上面膜走进卧室，Max已经躺在床上。折腾了一天，皮衣情侣有点累。

不过，并不是完全没有收获。

"今天Larry说，如果我想跳槽，可以去他们公司，你看是不是很好？"

"你想跳槽，换工作？"

"不是现在，只是，问问你的朋友们。看来，可以接收我的地方还不少。"还没毕业的时候学长们就说过，公司是条不归路，价值靠跳槽实现，作为服务于客户的乙方，她知道必然有一天会跳到甲方去。

"你现在干得也很好。"Max给与肯定，"许宝是个受欢迎的员工。"

"你知道，我不可能在这个公司一直待下去，想要升职加薪，跳到客户公司或者其他公司是必然的事。而且，我们的关系如果长久的话，我也不可能在公司久留，对吗？你希望长久吗？"她趴在他面前，认真地说。

"当然希望。"过了一会他说，"Honey，不用担心，你想去哪里，我都会支持你帮你的，只要我能够。"

这是她最愿意听的话。

十三

那个早上一睁开眼，林果就等待着事情发生。那天她二十六岁了，在等生日祝福，她期盼男友带来的惊喜。是个周五，中午她温柔地问老叶晚上的计划，老叶平静地说了一个饭店，就像什么都不知道，有些奇怪，捉摸不透。有趣的人通常装傻装得很像不是么？心里更期待了，一整天都忍不住猜想会是怎样的礼物怎样的惊喜——被宠爱的感觉多么重要，形式多么重要啊。

她穿了双新高跟鞋，练习才刚刚开始，以前觉得高跟鞋好成熟啊，但是老叶说好看。走到街角却是另一种未曾想到的惊喜——老叶正气急败坏地拿着电话吵架，面目狰狞。

她愣住了，鞋跟戳在砖缝里。

如果没有猜错的话那是前女友。

为了什么呢？

为了分割房子。这是她第一次知道他有房子，或者有过房子。

老叶转过来了，略微有些吃惊，他的眼珠有些红，瞪得很大，因为愤怒。挂掉电话，两个人站着，老叶脸上的筋放松下来了，逐渐从尴尬变为坦然。

在哪儿？多大？什么样的房子？她不好意思问，她怎么能那么世俗地去问呢？问不出口。

如何没有分割清楚？

建立在前面的基础上就更无法询问了。

他也没说。

"怎么那么凶啊？"她还是温和听话的女友，披着纯真脱俗的面子。

"是她太不像话，甭搭理她！"老叶一手插进裤兜带着她往前走。

他拉着她往前走去寻那个饭店，气儿依旧不太顺。直到坐下点餐，老叶并没有任何特殊反应，他真的不知道是哪天，这对林果来说更要命了。

"今天是我的生日哎。"林果幽怨地说。

他完全忘记了，日子被点明之后，只是淡淡地说了句："哦，我没想起来，事儿太多了。"

他老心不在焉地，每天确实有好多事要想，资源、联络人、企划方案、人际关系……该他管和不该他管的，脑子里都得盘算。她知道他近来在黄老师那边办事不太顺利，跟着鞍前马后地，可对方并不领情，对他的办事能力和速度挑剔不已。所以，他也更多地骂他"孙子"了。

黄老师的电话又打过来了，老叶振奋起精神调整好语态："好的，好的，没问题，没问题。"

通过表演，他把他的好态度统统奉献了出去。

她对着他默默地坐着，先前的美好愿望都落空了。

短信又来了两条，老叶打开以后，眼睛轻蔑地眨了两下之后，嘴巴闭得更紧了。前女友、黄老师，还是别的？无从知晓。前女友的凶、老叶的狠，还有黄老师的颐指气使在林果脑海里成为这个晚上的主调。就点了些普通的菜，味道可真是一般，什么味儿啊？比食堂也好不了多少。或许是正常失落，或许是公主病犯了，夹杂着前面的所见所闻，纯真女友的不愉快却是真的了，林果的脸和情绪都耷拉着，像条湿漉漉的毛巾。老叶在新旧女友和黄老师的共同"夹击"下吃晚饭，他的脸也挂着，另一条毛巾。不会吵架，或者还没掌握发作的要领，延误了合适的契机，林果被他强大的气场压制着，不能兴风作浪。

没有蛋糕，没有礼物，跟想象截然不同的，没有一点儿欢愉气氛的晚上就这么快要过去了，简直味同嚼蜡，林果忘了在干涩氛围里两个人都说了些什么，只记得自己说错一个成语时老叶轻蔑的一瞥和临分手时的深深的教导："小乖，这就是我，我是这样的，你接受，就得接受一个人的全部知道吗？"

从饭店里出来，林果悻悻地迅速离开，或者说叫逃走，他送她到路口。她从路口朝地铁下面走，地铁通道特有的风吹过来了，凉飕飕的，就像一晚上的心情，走过一段后她转身抬头看他，他站在上面，目送她，他不是应该转身走掉吗？好让她的委屈能彻底一点，充分一点，他却没有，目光一直停留着，站在上面。两个人隔了十米，他是爱她的吧她觉得，她犹豫，想走上去跟他和好，哪怕牵一牵手，爱情便和解了，但是，她无法迈开腿，犹豫中还是延误了时机。互相注视了一会儿，她又往下走，再回头，他还在，双目对视，如同另一个分手的晚上，感觉更为复杂。她还是转身走了，通道里的晚风又一次吹动她两鬓的头发，鞋跟"笃笃"地响，脚掌落在地面的感觉很真切——地真硬啊。

一个等待生日惊喜的姑娘，一个没有惊喜而不高兴的姑娘是不是一个要求高的姑娘？她反省。而另一方面，哪样的老叶是自己愿意接受的呢？坚定决绝地把房子攥在手里的老叶，还是有君子之风把房子让给前女友的老叶？

有那么些物伤其类的意思。

在中国，房子可真是个重要东西，让人的嘴脸那么难看。二十六岁生日让她明白的就是这个。

"Honey，北京客，允许我给你一个投资建议好吗，买一套自己的房子吧。"在某一个明媚的早晨，许宝噘着嘴说。

"为什么要买房子？"Max还没完全睡醒。

"北京的房租很贵，而且会越来越贵，租几十年，你什么也得不到。可是，如果你买了，就在这里拥有一套固定资产，你也是个拥有产业的人了，不开心吗？"

"为什么中国人那么喜欢房子，固定资产？没事还给自己买金子，藏在保险箱里。"他对这个不能理解。

"是啊，中国人担心将来没有栖身之所，担心付不起高额的房租，担心生病担心年老……有很多很多担心。但是你看，西方人不担心，现在金融危机，经济不景气，傻眼了吧？"许宝仔细地为他分析。当然还有，她藏在心里没说的是：在中国人的思维里，如果没有一套像样的房子，似乎总不能和有钱人搭上边。

Max每次都眨眨眼睛，努力扭转自己的观念。

"好吧，我也当回地主，有产者。"终于，近朱者赤，某一天，在中国价值观的强力熏陶下，Max心动了。

也是从某一天起，书房里前女友的照片换成了微笑的许宝。

如同电影里的画面，穿着性感绸裙，赤脚走进宽大书房，和一个爱自己有品位且有实力的成熟男人拥抱依偎，也许是很多女孩的梦想，而这是许宝的现实。但和大多数人一样，就算在理想的世界里，也会有不满足，又会有新念头，譬如拥有成熟男人的实力时，又会忍不住觊觎年轻男人的身体。

不安分的身心还不能也不愿就此将歇，只要欲望存在，那些他、他、他，周围每个男人都有一定程度可能性，或者说如果她愿意，都一定有可能性。比如两天前的出差中，一个分公司男同事的身体诱惑了她，或者说她诱惑了他，在相互诱惑中，她又释放出身体里那条蛇，一边放纵它、排遣它，一边在过后的空虚中，评判男人们能力技巧的强弱，评判男人们品质的优劣，如同自己是一张试纸。

女人用男人证明自己，如同男人用女人证明自己，性是实现自己征服世界欲念的途径，只是女人的证明包裹着被征服的假象，而已。如果她不愿意，谁能征服她呢？

试纸许宝神色平静地走在这个城市的地面，很清楚男人们在目光灵敏地搜索到她之后，直接或隐蔽地希望多驻留片刻的本能反应，试纸许宝神色平静地走在这个城市的地下，思考男人这个永恒的问题，答案并不难——动物性驱动一切。如果硬要把动物性离析出去才能看清楚，她也能够明白，在一群想跟自己有关系或者有关系的男人中，真正对她好，与她建立情义的是谁。这就是爱与非爱的区别。试出来之后，内心深处也会泛起想要遏制自己奔腾的荷尔蒙、狂妄的征服欲，遏制这种对露水情缘贪恋的情绪，并且不得不承认自己无耻。但是无耻总忍不住纠缠着生命，不是么？

人说地铁是这个城市的血管，输送着力量。实际上它更像城市的肠道，脏兮兮的，运送着不可计数匆忙疲惫麻木的平民，输送着焦躁、落寞、无奈与空虚。

不那么拥挤的车厢里，一个小伙子正在读书，开合之间，许宝看见那个书名——《心灵鸡汤》。哪年的书了？当年还虔诚阅读过呢，而它讲什么现在早已忘光，她知道，读这种书的人都傻乎乎的或者正处于傻乎乎的年纪，而那些认真揣摩《世界如此险恶你要内心强大》的读者呢，这些矫情人，无不是于大城市未可得的虚幻繁华中挣扎，淡泊意志与进取野心并举。

她在地铁车窗的反光中观察身旁的男人，拎电脑包，牛仔裤配西服，衬衫料子挺不好——屌丝、草根，或者比屌丝、草根好一点，人是那么容易地就被穿着、神态盖了戳。那男人也看她，两人在镜面里目光相对，彼此在百无聊赖中作一个容貌、身份和社会等级的判断，装作若无其事，表现得漠然而冷静。看看自己在镜面里的容颜和穿着她猜这个男人会不会想，这样的姑娘像一盘菜，男人想吃的那种，有一天，生活的服务生会走过来说，对不起，这菜不属于你，其他客人要吃，所以他便吃不了。在车厢的飞驰中窗外电子广告亮得刺眼眩目，她由这个男人想到了王翰，她猜这个男人所想，也许就是王翰现在所想，而他以前也许不曾想过。他是那么简单，那么单纯，就像原野上健康欢快的角马，是她让他经受了一次外面世界的洗礼。车窗外间歇的黑暗让她想起她在黑暗中抚摸王翰的脸，他也抚摸她的，试图用手刻录轮廓和质感，这抚摸里有温情和深情两个含义，是一个个体对另一个个体真切爱恋的体现，决不轻易对他人做。

她打断自己，因为她还没有麻木，想起王翰的时候内心有种柔软与痛楚。

十四

林果恋情的命运和黄老师的命运一样急转直下。

她在斑马线上牵他的手，他忽然甩开一个劲向前走。

"什么情况？"林果在后面追。

"刚才有一女同事，八婆，我讨厌让她看见。"

乖女朋友碍于面子又一次不知道如何发作。怎么那么委屈啊，不高兴，气被闷在罐子里。

但老叶顾不上这些，他在疾走。他已经两个月没去黄老师的办公室，他也不再去了解黄老师在哪里，又爱上了谁的曲子，他要在跟随了四五年之后果断地与其切割。

"不少人告他，中纪委已经开始调查他了。"老叶在电脑里把有关黄老师的文件仔细浏览一遍，存档。而此时他也找到了新目标新老师。

"他们会找你么？"

"该怎样就怎样。自己玩大了能怪谁？该有的荣华富贵都享受了，也该知足。"没有唏嘘也没有感慨，他好像比自己的老师更清楚其实早就有人要揪他的小辫子。

"那为什么……？"

"人跟人。谁还没个对立面？"老叶轻描淡写地说，"本来就是个贪污受贿的主儿。"

"不谈他了。"老叶掐断这个话题，林果又看到那个晚上老叶对待前女友的神情——弃之如敝履。

黄老师的成长史成功史充满着中国人所熟悉的"于连"般色彩，残酷的现实是，老的"于连"倒下去，新的"于连"踩在他们尸体上无情地站起来。林果心情复杂地注视着老叶，觉得每一次见面他的容貌都有所不同，冷酷的理性掩藏于高智商头脑后面，嬉笑与严酷并存于复杂一体，她带着情感与价值判断双重指标认真地注视他，但二十六岁时她看不透他。不过从过生日那天开始，或者早在坝上草原那天开始积压的不满却又一次结结实实地被加了码。

试纸许宝对林果说："我觉得你男朋友不老实，这是一种感觉，从眼神里能看出来的东西。"她想起来了。

她看不出来么？她把记忆推向初见时，恋爱谈到这份儿上，她才开始好好回忆初见时的原始感觉——他的眼神移动得飘忽而迅速，就像他偷瞄其他女人时一样，当然那时候，他低头喝咖啡时偷瞄的是她。

其实她捕捉到了，但她又忽略掉了。那时她压根儿没拿他当对手。

"你还得多了解他。"试纸许宝说。

于是她尝试去了解。还能怎么去了解呢？到网上去吧。

别小看女人，女人找起东西来个个是侦探。她找到了他的校友群，"各怀鬼胎"的人们插科打诨的地方，里面的人说话都特假、特虚。

老叶在里面是活跃分子，哪儿都有他。

她一直往下翻网页，一直往下翻，多么熟悉啊，那些腔调，最初认识的那个嬉皮笑脸没皮没脸的老叶，那个幽默风趣让人开心的老叶。

直到某一段，鼠标滑不动了。

"我有一个闺蜜，单身与我同龄，人特别好，想找个男朋友，条件符合的王老五请报名吧！"一位女同学两个月前在群里说。

"王老五谈不上，老青蛙报个名。"留言的老青蛙正是她的男朋友。

"你男朋友不老实……"许宝的声音像回声一样。

当然，她不能告诉他自己的行为，就像他不能告诉她他的。但两个人真的不行了，各藏心事，说不出口却都体会咂摸出来了。

"你觉得我怎么样？"她想了解他的想法。

"挺好的。"

"你觉得我哪儿不够好？"

"我觉得"，老叶想了想，"我们不大一样。"

"哪里？"

"你不是个进取的姑娘，而像我这样的男人需要想很多。"

"我挺进取的。"习惯性反驳。

老叶没有回应。

"为什么要想那么多？努力，慢慢都会有的。"

"你努力了么？"老叶语带轻蔑。

怎么像许宝对王翰说的话？怎么这样？老叶的轻蔑让她不好意思，更让她不满，越来越轻视了，不舒服，不服气，自尊心安放在哪里呢？她那强大的自尊心呢？这么多年可没让人这么挑战过践踏过。但是奇怪，真正的感受说不出口，不好意思，她被"乖"这个美好的字套住了，被自己努力营造的形象套住了，动弹不得，或者，她被老叶的成熟强势镇住了，动弹不得。

压抑死了。

他们还每天对话，但电话两头的情绪已干涩不已。

"我们分手吧。"大段的沉默之后她忍不住了。

没有分过手，也许只是需要一个对方的反应，在空白的两三秒钟里头脑一片混沌。

但在同样的时间里老叶似乎比较清醒："为什么呢?"

"我觉得你这人不真诚。不够爱我。"

"是么?"他显得异常冷静，没有惊异，没有失控，不求饶，不挽留，每一步棋都下得精准让人无法回旋，"你想清楚了吗?"

"想清楚了。"她攻城略地，势如破竹。

对话以两秒钟后他回答"好的"结束。

她的棋下的烂透了。十天后她才知道其实自己没想清楚。每天那个电话再也不响，那个嗓音再也不问候她，那张相貌平平的脸却时时刻刻越来越多地显现在脑海挥之不去了，委屈、不甘如巨浪越来越强烈地冲打过来了，她的船被掀翻了。

她沮丧地走在马路上、地铁里、楼道里，不能好好地做任何事了，可是那个人却毫无声息，默默消失了。拳头打棉花的感觉，就像初见时一样，但是这次她完全不能无动于衷了，立场轰塌了。用许宝的话来说，两个不合适的人在一起注定是悲剧，可是，她连扑向悲剧的机会都被人平静地剥夺走了。冷漠是最大的轻视，高傲成了最不值钱的东西，而高傲被冷漠摧残的感觉——痛苦极了。痛苦开始发号施令，叫人成夜流泪。她不是忍耐很久了么，不是对老叶的品格产生怀疑了么？擦干眼泪的时候她想，但几十分钟后，过往的美好片断纠缠着她，想念、不甘心又来了，纠缠不休。爱情到底是建立在人格与人品的基本判断之上，还是取决于一个个美好瞬间？在这样的纠缠中，她掉进黑洞里去了。

这是爱情么，啊？

"为什么这么对我?"她知道自己输了，她得给他打电话了。

"我问你了有没有想清楚。"老叶回答。

"为什么这么对我?"她得纠缠，好像不纠缠就要痛苦死了。

"我已经没有感觉了。"大段沉默之后老叶平静地为这段关系划下句点。

"为什么?"她还妄图把句号变成逗号。

"我觉得你不太成熟，我们不合适。"

"那你还会对谁死心塌地?"不甘心，还想再探讨些什么。

"父母，因为我欠他们的。其他，我不欠。"想了一会，他淡淡地说，流露出对这个世界的残酷。

不是她想甩他的吗？然后她被他甩了。

路人们总携带着自己一两个月来的生活遭遇走在路上，像背着重重的牢笼抑或轻盈的翅膀，林果背着她的遭遇走在商业区，希望用购物消散内心的狂躁，可是纵然买了些什么，心悸的感觉伴随着她挣脱不去，心肝五脏全乱套了，她散乱着头发如同发疯般地疾走，觉得自己随时要晕倒。

同事打电话来，文件需要继续修改。

"真想甩下一切什么都不管！"她的心像长满了韭菜。

一只爱情的菜鸟，大败而归。

"当初是他死叽白咧地追我！"许宝家卫生间的镜子前，一样的黄色大灯下，林果的容颜惨不忍睹。

"咳——"同一面镜子前，许宝用慢悠悠的一个字表明了她的态度，不幸的是——她总是透彻的。

"翻脸无情的男人，心机深重的男人。"许宝把擦手纸仍在垃圾桶里，仿佛那就是老叶，"能早逃脱是好事！"她调高了语调。

"你知道自己问题在哪儿吗？你总等着有人来追，轻信男人追求时的表象，而有人想体验的只是征服的快感而已，并非珍爱。"

然而，当许宝认真端详那张一两个月疏于保养的黄脸，她无法继续说下去。太憔悴了，一张毫无光泽、擦了粉狂爆皮的脸，什么男人会珍爱呢？她不能再说了。许宝一改往日轻柔、悠然的姿态，默默从后面箍住林果，好像这样，就能传给她一些力量。

失恋的人就如同气息微弱的猫或狗，许宝感到她比几个月前瘦了好多，一把就抱住了。许宝纤细的胳膊向来柔软，此刻却有坚定的力度，林果感觉到被一个柔韧的身体抱着，温度微热，感受到这种拥抱和抚慰，似乎从愤怒不安中找回些真实气息，林果转过身来，在这一转身的时候，感动的闸门开了，眼泪滑落下来，落在许宝光滑的裙子上。多好啊，老朋友。

失恋像雨季般来临，被打湿的不单单一个。林果跟最近不太如意的发小相约一聚，见面时两人都刻着情伤的烙印，满脸菜色。

"女人最可悲的是以为对方有多爱你而其实不是，所以不要当真。但是，谁能做到?"

人们常喜欢与同病相怜的人来往，对那些与自己有共同弱点的人吐露心迹，但他们并不愿意改变现状，只是像受伤的动物，希望得到怜悯和鼓励。

相聚之后，发小继续打电话来。

"你以为他爱你的灵魂，其实他爱的还是你的肉体。"有时反思。

"还好没让那烂人占什么便宜，不然得多恶心。"有时自我安慰。

"有一天我坐在出租车上想象遭遇车祸，终于明白安娜·卡列尼娜为什么会死。"有时回忆。

痛苦总是相似的，痛到一遍遍发作无法克服。不管是咖啡馆里，还是公共汽车上，还是合租屋的地板上，林果独自颓唐地一遍一遍听，一遍一遍听，逐渐听出了一种自己很瞧不起的东西。喋喋不休的对方像镜子，让她看到了自己——一个弱肉强食情感世界里惨不忍睹的 loser，领悟到这点之后，她开始厌烦痛恨起那些不停意淫不停溃败又不停诉说的失意者，爱欲缠身却极度无能的人，如同恨她自己。瞧那一张张无能的脸，痛苦而愤怒，挣扎又无力，失败者是不值得同情的！

爱情那么好玩吗？肯定还有许多更好玩的东西！她需要飞快地逃出那个氛围那个失败者大本营了，她不能跟她们在一起！于是她不再赴约不再接电话，决绝地离开了她们。

离开之后，林果走在嘈杂的人群中。这个世界还是恋爱的人比失恋的多，深陷在甜蜜中的人们，就像欢快轻盈的鱼，那些溢于表面的神情、那些肢体语言，让她想起曾经喜欢过的形象暗恋过的人，那些美好的人啊，可是她触碰不到，就像是运行在不同轨道的行星，她无法跟他们建立某种联系。

几个月、半年过去了，她觉得自己像一条大鲸鱼，重重地沉入了深海里。沉入海底之后她还需要时间复原，需要时间活转回来。北京从秋天很快跳跃到冬天，然后是初春，风好大呀，永远在刮风，在异常漫长的黑暗和萧瑟中，大地无法与阳光相遇。等待复原的林果坐在灰色的世界里，听风在耳边呼啸，对着电脑发呆，又或在临睡前听自己心脏狂乱的振动声，"嘣嘣——嘣嘣——"多么弱小啊，她觉得自己在凭一己之力跟那个外面的世界僵持，僵持着，死硬死硬地，像用细弱的脖颈扛一把刀。

不久，一则新闻拨动了她强韧的神经——那个黄老师，金融家、高官，栽了。他和他建立的那个圈子，那个利益帝国轰然倒塌，轰塌得一如林果的初次恋爱实战，而他的那些女人也被披露于网络报章间，任人口诛笔伐。照片上贪官的相貌真猥琐啊——网络上都是他的消息，曾经高高在上的男人连带他的女人就这样溃败于瞬间，即刻被唾弃，最终被盖上法律和道德钢印。当然那个谄媚者，那个背叛自己老师的人同样不是东西。她突然想明白了。

也许很多人还会愤世嫉俗地痛恨这世界丑恶，而实际上他自己就丑恶无比。她决心把老叶像货物一样塞进记忆的纸盒子破箱子里去了，虽然他有的时候还会冒出来，当他忍不住要探出头来的时候她会努力地用脚把他踹回去，封上封条。

为什么女人除了情感之外还要需要有一份自己的追求？因为在爱情轰塌之后，她会发现，工作是救命稻草。

吹散爱的迷雾，一个感情用事的姑娘才回忆起一年以前她是如何进入职场如何工作，她刚进去时做的蠢事还一直被同事们引为笑谈。

客户说：反正预算充足，你们再咨询一下产品宣传册的印刷成本吧。于是她在第二天的客户会议上如实报告了调研结果——七块钱。

同事们瞬间傻眼——报九块么不应该？你报十块钱客户也不会在意啊！由于菜鸟的糊涂，那一单，他们在宣传册上没有赚钱。

她还完全不懂得 agency（中间商）的赚钱法则。

"Too young，too simple。"刚入行时带她的师傅，客户副总监老方说。

老方是个典型的多血质人才，聚餐喝点酒就会说出很多很多道理。

"告诉我你们需要北京的理由，虽然它很烂。"他瞪着圆眼珠子看年青人。

这个问题让众人一时语塞，但很快又会有很多答案。

"想到这个城市的最高处看一看。"林果说话时脑海中闪现一个画面。

"看见那楼了吗？国贸三期。"上上个冬日的某一天，天空很蓝，许宝指着远处一座不知何时出现的高楼，小脸在风里红扑扑的，"三百多米，八十层。听说上面有个旋转餐厅。"

大量的高楼就像在一夜之间崛起，装扮着这个城市的背景，大多数人远远地看着，不会接近一次。

"为什么不去？某一天我一定会上去鸟瞰北京，坐在那里吃晚餐。"许宝转过脸来，露出志在必得的神情，"地铁也挤过了公交也晕过了，总不能来这儿就为了像蚂蚁一样生活吧？我不会一辈子挤地铁的，我会站在那样的玻璃窗前去看这个城市，不止一次。"

许宝的愿望为林果所引用，没错，现在她也这么想。

"因为念想。"有人说。

"因为理想。"另有人说。

"连每个月房租或房贷都磕磕绊绊还拿什么谈理想？"老方睥睨，等了半天看他们没反应，"实际地说，来到一个更大的地方，过更好的日子！"

十五

为了 Max 的房子和未来的职业规划许宝两个月没有上班。大太阳灼得人都能看见自己鼻尖上的油光，更好的日子也在想象中闪闪发亮。

又是盛夏。

远远地，她看着他向她走来，还是那张娃娃脸和那副矫健的身体，已经两年没见。显然，他也看见了她，但还没有预设好四目相对时的表情，他的眼神避开了。王翰，善良的鸵鸟掩饰着他的紧张。

"翰。"她站住，一阵怜惜奇怪地从腮部涌动起来，周身神经痒痒的，一直传输到指尖。

"我来看朋友，顺便——来看看你。"

于是转身并肩，装作若无其事地漫步。两个穿校服的男孩女孩各骑单车迎面而来，还手牵着手，十三四岁吧才，小屁孩儿，许宝想。显然，恋爱的季节提前了，并且明目张胆光明正大，十三四岁时的自己，还在和王翰打架划三八线，后来王翰说，就在他们座位分开以后，他坐在后排每天看着她的后脑勺，开始喜欢她。

"我离职了，你会不会觉得很不靠谱？"

"你有你的道理，不需要别人操心。"

"那你——，对未来有什么打算，比如——女朋友？"

"顺其自然。"

"有姑娘追你么？医院同事？"

他未置可否。

他们又说了不少话。她看着他，夏日傍晚五点的阳光给人三点钟的错觉，金辉下王翰的侧脸简洁而挺拔，皮肤散发着年轻男人的光芒，他在夕阳的光影下呈现给许宝一个温暖的轮廓，像动画片里的男主角，依旧令她有心动的感觉。

"其实我来，看见你过得不错，心里很踏实。"为避免冷场，关系微妙的人们会说很多无谓的话，但其实，都不是最真心的话，是最真心话上面一层的真心话。

"我知道，在这个世界上，哪怕所有人都不可靠，王翰不会，哪怕所有人会对我不好，王翰不会，这就是我的认定，他永远会对我好，希望我好。"她也回应了那一层真心话。

虽然眼神的相互交接中仍然有某种温度存在，但她需要为他打算："找个女朋友吧，你一直不找，家里会担心你。"

"放心，我没有不找，我单身还不久。"他并没预料到，这句话仿佛一句提醒，让她心虚尴尬。

不过还好，跌落的话题像一个球，王翰很快贴心地接住了，又重新回到那些可有可无的话。

夏日北京的太阳，在七点半的时候终于悄然离场。他们在一个中式餐馆里面对面坐着，记忆和话语还停留在十几岁时的那个时空里。

"是吗？他们好吗?"许宝在记忆里翻找出那些人和事，回应王翰。但作为一个头也不回往前走的人，她其实并不在意，年少时光在记忆里慢慢远去，是一个拉镜头，有时候，她甚至怀疑它的真实性。

"很奇怪，记忆里那个穿着某些衣服，趴在桌上写字的人，她真的是我么?"她喃喃自语。

而每一次她这么喃喃自语，王翰都会说："不是你，那又是谁呢?"

这并不是许宝想要的答案，虽然她也不知道答案是什么。据说一个人每七年就完全新陈代谢一次，也就是说每七年就成为另外一个人。而现在她觉得，作为"是她"最重要的证明就是她和他的记忆，年少时光之于她唯一的证据是她没有忘记他。除此之外，很多东西已经消散了。

又是大段的空白，跌落的球，她知道王翰一直在很努力地接，他体贴得让她不能无视，也令她得要显现出诚意。

"翰，你了解我，你知道，小宝比你聪明，所以你不要担心小宝，你自己好好的，好好工作，好好生活。"聪明人很少告诉别人我很聪明，而对着王翰，她说出来了，她想教他，"对于生活，可以去尝试，不试怎么知道呢？比如爱情，如果有不错的女孩，你应该试试。"

他没有说话，不再继续接球。

气氛就变得严肃了。

沉默了好一会儿，他没有看她，淡淡地说："知道吗？我的心都被你伤透了。"

压抑很久的痛他说出来了，好像前面所有的铺垫都是为了这句话，好像这次他来就是为了说这句话。出乎意料的坦白让许宝鼻酸，刹那间所有的说过的话都变得苍白和虚伪，掩藏在深处的愧疚与感伤伸展开来，像流水一样不可遏制。眼泪滑下来了，极其安静，甚至能听见它们从下巴边缘滑出，在空气中掉落的声音。原本掩藏好的内心深处，最后还是会被翻出来，掀开来，被泪水打湿，仿佛眼泪就是对他心痛的偿还。而她似乎一直在潜意识里等待这个场景，等这么一下，好像这种流泪，在一定程度上会令人在道德天平上宽恕她，令她自己心安。

她感觉到王翰的眼眶也红了，但依然没有看她。他不看她，她也不看他，但心里彼此注视，陷入沉寂，但她坚守着没有说"对不起"，她要让自己坚信，男女间的这场战争没有对错这回事。静默地坐了一会儿，她擦干眼泪，恢复理性。

"我知道。"她说，"我还知道，很多朋友，包括你的家人，会抱怨我怨恨我。但是我也有我的不平与委屈。我希望有个人跟我并肩奔跑，而不是我一个人跑，不然，人生的路还是很孤独……"

其实她在独处的日子里，不止一次寻求过自己行为的合理性。

说出来之后语言就变得更流畅了："翰，不管你在哪里，我在哪里，我都希望你过得好，过得幸福，就算有些东西我不能给你，我也希望别人能够，我希望你能开心。我希望你快快复原，甚至忘了我厌弃我都可以。"

然而，这也不是最真心的话，还是最真心话上面一层的真心话。

不知道一个人是否真的知道自己的伪善，伪善中又怀有多少深情，跟很多傻瓜相比，在这样静静流淌的时光中，许宝知道，她很清楚，但她对自己无能为力，真实不能带给她任何东西，作为人，有些话是永远无法说出口的。

她从未希望他不爱她，她希望他爱她，就算不在一起，她还想在精神上占有他。

其实王翰也很清楚，他有着某种希冀，以及，另一种无能为力。

爱情行为在很多时候都是表演。如果将生活的镜头从他们对坐的餐馆一角拉向遥远的高空，就能看明白，和许多关系奇特的男女一样，他们之间的大多数话都是假话，大多数表情都是装腔作势，一个盛夏的下午至晚上，在很多假扮成真话的假话中，在他们还年轻动人的神情中，她确认了一点，她青梅竹马的恋人依然会为她感伤，他还未放下，而相对应地，他也确认了她的某些东西，得到些许无奈的满足，这种确认幸福而忧伤，甚至比他们在一起时还要迷人。

"我明天走，就不用送了。"

晚餐没有吃什么，暮色沉沉的时候他们终将分别。

他们走到大路上，肢体依然尴尬而避忌。王翰为她挥手拦车，她坐上去，向他告别，然后转过脸来注视着，直到他在后视镜里远远地成为一个小黑点。

回到 Max 家，走进卧室，许宝疲惫而忧愁，像个晚归的中学生，忧愁深处又缠绕着些初恋时的甜味。

"Honey，朋友聚会有趣吗？怎么了？" Max 在看电视，看见她，热情地张开双臂。

"没有，老朋友说了很多话，想起以前，小时候，有些伤感。"许宝随意地收拾停当，爬上床去。

"多愁善感的小家伙，看来有很多动人回忆。"Max轻抚她，从后面环抱过来。

许宝转身，看着他的脸，些许皱纹和清爽睫毛点缀下的一张能够跟自己交流心事的脸，她把头埋向他。

默默地抱了一会儿，她问："你是我最好的朋友吗？"

"当然，我愿意成为你最好的朋友，不知道你有没有把我当成呢？"Max透过镜片对她说。

强大的安全感袭来，许宝点头，伏向他的肩膀，她又在他的身上得到王翰那里没有的东西。

"有时候，我会做一个梦，我梦见一群人在跑，我和他在一起，跑着跑着他消失了，我再也看不见他，我想，如果两个人不能并肩奔跑，未来的差距会越来越大，我无法停下来等他，我是个自私的女孩。"她很想喃喃诉说自己的梦境和认识，但这些话还是停留在脑海里，没有说出口。

闭上眼，她轻声说："很多很多事差点都忘记了。"

"是吗？Honey。"Max亲她。

显然，恋人间的坦诚是不可能的，许宝暗自叹了口气。她亲他一下然后转身，想保持一个安静独立的姿势。

电视机里的新闻播报声令她昏昏沉沉想睡又睡不着，被抱了一会儿，她感觉到Max的胡渣刺刺地紧贴自己的脖子，热力从背后传来。

"好累，今天很累。"许宝抬起胳膊，不同于以往地疲惫，想了想她又加了个理由，"张罗你那房子让我近期透支了，还没缓过来。"

胡渣还在摩挲，他很渴望。

许宝挣扎着推开他的手，皱起眉头："今天太累了，完全不想。"

"好吧。"遭冷遇，Max挪开手，关掉电视，大舒一口气，扫兴地将身体转向一边。老男孩也有小孩脾气。

Max一直没有翻身，而许宝依然没有睡着。冷战的意思。

"嘿，Max。"不知从哪儿冒出一股气，她"腾"地转向他。

"什么？"他背对着她。

"如果你这样，没有人会愿意陪伴你到老。"冲着他的背，她认真地教育他，不管他会不会更生气。

这句话竟然很管用，沉默了一会儿，Max闭着眼睛转过身来，安抚似地拍拍她的胳膊。

就这样，她将一晚的憋屈与伤感转嫁了出去。

十六

"跟客户的关系就像谈恋爱，判断他的需求，尽量满足但不失自己的见解，别怕争吵，尽量把争执变成讨论和解

　　　　　　　　　　　　　　　　她们说

决方案。但凡还有争执，就是还能在一起，等你做了客户，就会发现永远都是在谈恋爱。"

"甲方嘴脸难看，原因有两个方面：一：甲方执行人员本身带有领导的压力，必须压迫乙方，二：甲方内部竞争激烈，他们必须显示出自己对乙方的强大控制力。你站在他那个位置上就不会觉得他那么可恶了。"

"从今天起，变为一个工作狂，早八点开工，晚八点收工！从今天起，变为一个工作狂，天天跟客户沟通，时时看 schedule！从今天起，变为一个工作狂，没 result 的事不干，不 best practice 的事不做！从今天起，变为一个工作狂，不是别人累死我，就是我累死别人！"

老方是个工作狂，又如同一位传销领袖，那些洗脑的话总被他用中英文说得入情入理，对于感情空荡无依的人，尤其具有煽动力。林果认真体会着，收支不平衡的钱包和上司、老板们宣扬的财富自由敲打着她的神经：修练到哪一层了？什么时候能逛超市不考虑价格？买数码产品不考虑价格？买汽车不考虑价格？买房子不考虑价格？买公司不考虑价格？欲望就是春日泥土里一层层向外翻往外冒的卷心菜。

卷心菜女孩坐在办公桌前，收获从未有过的专注，回顾失魂落魄时的那些工作成果，悲愤状态下所做的客户方案居然充满文采与创造力，令她不由得信心倍增。在追逐事业和逃离爱情双重愿望的指引下，林果的发动机开始注油，继而高速运转起来了。

这个城市何尝不是一台高速运转的机器呢？

公司地处办公密集区，白领们下班后在北京打车的经历如同血泪史：林果被孕妇抢过车，被带孩子的抢过车，被老头老太太抢过车，被醉汉抢过车，被中年妇女抢过车，被非主流抢过车，被外国人抢过车，这个城市有无穷无尽的人，车永远不够。

等了无数次，礼让无数次之后，终于有一辆慢慢向她靠拢，好嘞，她准备上去。

突然一个大姐以迅雷不及掩耳之势飞奔到她跟前，一把拍开她的手抢坐进去，大声嚷嚷："我带孩子了！我有小孩！不信跟我去前面看！"

车扬长而去，方圆二百米没有看见她的孩子。

"素质现在是奢侈品！"她无法淡定。

"也许人家真有孩子啊，在她那鼓鼓囊囊的肚子里。"心里另一个声音对她说。

于是投身慌乱地铁站。车厢从远处洞穴中缓缓而来，如同磁石之于铁，人就像图钉洋钉锈铁碎屑瞬间冲挤上去，巨大的引力振颤着他们的身体，使之无法自已，什么秩序准则涵养都比不上被吸纳吞吐这个狂热本能，只为赶上一趟不知开往何处的列车。

被裹挟着从月台往前涌的时候有一只拳头顶着她的屁股，继而是手掌，是个男的，什么意思？她转头，那男人

　　　　　　　　　　　　　她们说

已经顺着人流挤到车厢中部，回头似笑非笑地看她。

她眼睁睁地看着他，会过意来，内里慢慢窜起愤怒的火，但居然无法应对无法反抗甚至不知道该如何应对如何反抗。她的身体被其他各种男人女人的身体包裹着，甚至转身都难——一遍遍地被人肉挤压推碾，每个人都尽力用胳膊、用包、用某些姿势维护着自己的一丁点儿尊严，暴躁就成了一种自然产生的状态："靠，我他妈的真想在这儿撒野撒野！"

"很多人都正在撒野呢，不是么？看看这些烂人。"自己又对自己说。汗都挤出来了，那个男人已不见踪影。

这事儿在她脑海里钉下一个永恒的钉子。下一次，她一定会反抗。

又是一个傍晚，去看电影的路上，一只手在她屁股上拱了一下，一个男人和他的女伴从身边路过。路很宽敞，她迟疑了一下，看着那两个人走到马路边。

"怎么了？"许宝问她。

突然她似乎意识到原因——她的裙子下面是黑丝。黑丝怎么了？这并不成为他拱她的理由。

地铁里那个男人的神情出现了，还有"血脉偾张"、"精虫上脑"这些她字面认识却无法真实体会的词语，什么鬼东西，她可能永远都无法体会它们。

动物性，丑恶男人的动物性！这一次如果什么都不做她可就真的要血脉偾张了。她追过去，赶在他们过马路之前。

"喂！你刚才摸了我一下，故意的，这叫性骚扰！性—骚—扰！我想你身边的女伴需要知道。"她用清晰于往常的发音对那个男人说，语调平静却响亮，暗藏对之前那些男人的恨意——王八蛋——那些被践踏的尊严，她要一并找回来。

她冷静地等待男人的反应，又看看那个女人。红绿灯下其他路人纷纷转移视线，看着他们，那男人一时慌了神，尴尬而气愤地大声辩驳，直至谩骂。而她要的就是这个，一个胜利转身。

在这样的社会生活中，不知从什么时候开始，她成了一个直率的淑女，又或者，一个横冲直撞的姑娘，路遇不平不能压抑。她会直面态度傲慢的的哥：为什么不好好服务？这点小事你都不能为顾客着想开什么出租车？也会对故意刁难的协警说：你这个人，不与人为善。我说，你这个人不一善一良！直到噎得对方愤怒异常。

"失恋了也别这样啊。"许宝说这是失恋后遗症，因为不再调动足够的女性荷尔蒙，而逐渐放任自己丧失女人味甚至涵养。

有点儿控制不住自己。就像这个城市里千千万万不高兴的人一样。

慌乱城市中，憋闷、拥挤，似乎连风都不自由，可是奇怪，在这样的环境里心却可以无限大，人们坐在站在公交车的大铁皮里，玻璃上眸子里霓虹闪烁，那是什么？一丝丝的希望。

带着希望，老方带着自己的团队获得了进步，扩充了容量，这预示着更多的机会、钱，当然还有更多任务和更多工作时间，当林果熟悉了这类公司的游戏规则，也就好像看到了自己的未来——积累经验，成为资深市场经理，然后是市场总监、区域经理、总裁。

新换的办公室不小，显出大公司气派，桌椅很密集，一些桌子上满满的杂志堆得颇为惊人。邻座是一个新来的黑瘦年轻人。

"你好，我叫马南。"对方转过身来，瘦得很瓷实。

林果职位升了一级，频率和速度都在调试中。升完一级最大的特点就是礼拜一看到全周日程表的时候有种看见大海的感觉，仿佛自己将被淹死。

"出门一周多，第一周每晚梦见客户，第二周都是梦魇，烦得想吐。"出差回来的同事一脸疲倦。

"呵，"老方转动他的办公椅，"等你度过适应期，就会发现验证了那句话：我吐啊吐啊，就习惯了……"

客户有那么可怕吗？当林果切身体验过从早八点到晚十二点都在解决问题处理矛盾时，才意识到它的厉害。

"只有我会抓狂吗？是我脾气不够好吗？能别再问我问

题吗？能自己解决吗？我能出走吗?!"出于职业道德，她不敢真正跟客户叫板，只能对着上司抱怨。

老方擦掉笔记本上的灰尘完全不看她："在我还是个新人的时候，被一个客户大骂，他对我说，你小子想挣到钱，就得时刻想着客户、以及客户的客户。当时思考了很久，最后发现骂得好，骂得对，不管做什么，客户的感受要放在绝对主导位置，别忘了你就是服务别人的，其他都是扯淡。"

老方的个人生活颇为传奇，据说是媳妇成就了他的人生，买衣服买包买车买房，总有无数美好得事物等待他追求生活品质的媳妇去买，而他所需要做的，就是挣到买这些美好事物的钱，或者说，在媳妇的指引下他实现了自我价值，实现一种幸福人生。而在这种推动下，他的人生被工作掌控，并且推动了团队运作，形成了蝴蝶效应，林果也被他的人生震荡着。

"看看工作计划，现在折腾爱情吵架闹矛盾就是脑子有病！还没有完成工作，还没有赚到房子钱，还没有赚到车钱，还没有挣到父母养老钱小孩上学钱老婆的名牌儿包包钱……这个国度处处需要钱，前面的哪一件都比恋爱重要，怎么现在的小青年整天都弄得纠结伤感就没点儿责任感没点儿出息呢？你PPT做的太水了，重做!"

这些想犯懒的人如同机器上的齿轮，流水线上的工人，在老方的敦促和现实的恐吓下，在意志的滋润下转动起来，活转过来了。

对于好强的女性而言，在今天的天朝国度，一颗奋斗的心必然由物质来指引方向。衣服、包、鞋以及它们的牌子，那些闪现在网络上闪现在杂志上闪现在日常生活中的符号，以前林果毫不在意，而就在某一天，当某个拎着名牌包的女同事将目光落在她不知名的PU皮革包上时，她第一次有了不好意思的感觉——职场里的姑娘到了一定年纪还提着个不上档次的杂牌儿包。对方看似不经意的一瞥敲打了她，怪怪地，自尊心漂浮起来。对呀，她是有自尊心的。正是从那天开始，一个以非物质女孩自居的姑娘对物质的认知开始有了觉醒，而自那以后，她看见的人，再也不仅仅是人，而是行走的COACH、LV和BURBERRY，以及那些精致与不精致的妆容、亮泽不亮泽的头发。而这一切的本源都是老方说的那一个字——钱。晚熟也得熟啊，世界改变姑娘，当这个感应器打开了以后，想关？抱歉，关不掉了。她跟许宝一样买包了。

当然脑袋空闲的时候她也会思考。物欲，这个泛滥于今天中国的词，在过往的岁月里被深藏于一张一切尚属匮乏的大网之下，某天网被撕开之后便报复性地翻涌而出了。钱、物质，无穷尽的钱和物质总是在那个遥远又好像可即的地方流动着，有无穷尽的可能性属于你，也有同样的可能性不属于你。无穷尽的人追求前一种可能性，并让它成为生活的动力。

浅薄，那些只想用物质愉悦自己的男人和女人，心里翻白眼。一边报之以冷眼一边与之同流合污。

十七

王翰离开后的日子许宝每天都有些怅然。

傍晚坐在出租车上，在某个街头的拐角，看见露天餐馆坐着一个人，那是王翰，她直起身，凝视着他，直到对方似乎有所感应，抬起眼皮看着她。车开近了，那不是他。

她重新倚靠在后座，曾经欢愉的画面浮出水面。某个夏天的下午，她趴在王翰坚实的背上，在他背上，努力翘起腿就能看见自己的脚。她把脸靠近他的耳朵，看见他顺着鬓角流下的汗水……"我的心都被你伤透了。"在梦里梦到的时候她哭了。

当两个人的感情成为一个非日常事件时，就会透出一种伟大的神圣。这些天，太阳一直强烈地重复演绎后海那个夏日下午的光芒，亮得令人眼前阵阵发黑。许宝在北京的高楼里不动声色地坐立行走，金辉下光洁紧凑的脸和后视镜里长长的身影却挥之不去。而对王翰的思念是灵肉结合的，跟 Max 亲热的时候，她闭上眼，轻易就幻想出王翰的模样，她热切地吻着他紧紧地拥抱着他感受着他的肌肤，克制着自己不要喊出他的名字不要说爱不要说对不起不要

她们说

错说任何话直到发狂战栗，从未有过的感觉。她逐渐迷恋于幻想王翰继而达到高潮。

直到某一天的下午，她突然从沙发上跳起来，迅速地收拾行李。她给林果留言："Max 去上海了。我要回一趟家，去找他。"仿佛四五年前恋爱时一样。

与四五年前不同的是，三天后她回到北京时，有深深的失落……

一边高尚地希望他幸福，一边做着与之相悖的事，情人的心就是如此。午夜月光透过窗帘缝隙照射着相拥的两个人，她如同一条鱼，又游进他的大海。

王翰轻声说："小宝。"

"别说话，不要说话。"黑暗中许宝轻轻按住他的嘴。成熟姑娘不需要语言，也永远不再问，傻话。

她只希望他抱她，肌肤贴合在一起。语言是虚妄而多余的，血的温热和心的跳动才真实可感，半明半昧的夜甚至让她一时想不起自己身处何处，如同漂浮在海上。王翰平缓的心跳震动着她的耳膜，她知道她明白他痛苦，但他伟大地不表现出来，他在克服自己，这就是他难以被割舍的地方。她用手抚摸他的脸，体内有一种类似母爱的东西在泛滥，但她不能表达，不能有任何表示，就像大海上无所依靠的船，任性地行使，却又害怕心软而即刻跌落进漩涡，所以理性和现实的舵还是最终操控她。以他们的熟识与亲密，她可以坦然地告诉他，自己是个贪婪女人，在这个光怪陆离的世界还有很多放不下的东西，她需要大城市需要物质需要安全感，所以，她放弃他。或者，不需要说，他那颗平缓跳动的心已经能够切实地了解并懂得。而如果他不能改变的话，她又能改变什么呢？

不能在一起的爱不可避免地透着凄婉，感伤得崇高，甚至比名正言顺时要美。窗外有飞机从高空传来的声音，门外有晚归的人走动，口齿不清地喧哗，她和他抱着，像被彼此拥在怀里的珍爱玩具，外部世界的繁华浮夸与内心的孤独残破相映成趣。这个世界早已没有封建礼教没有战乱迁徙，但却有另一种巨大的力，令他们仍旧不能在一起。是的，不能在一起。

齐国有个年轻姑娘，令两家男子同时来求婚，东家的男子丑而有钱，西家的男子俊美但很穷。父母犹豫不决，便征询女儿意见，女儿袒露出两只胳膊，她说："吃在东家，住在西家"。

这个故事极具现实意义。

"批判我么？"许宝说。

"袁威横空出世的时候你压根儿就忘记了王翰。"林果说。

"偶尔动个情，不能一辈子。"

"一辈子的就叫爱情了吗？也许，等老了，人生即将结束的时候，在脑海中翻腾一下，才会知道谁是真爱，谁是让自己最真挚想念的人。"

"也许吧。我们一直在追寻爱情，但是，找到了吗？不知道。我知道是我太贪心。也许再过几年，我就不再问这个问题了。"许宝抬头，看着头顶那个号称"亚洲第一"的梦幻天幕色彩斑斓的变化，天幕下有很多气球飞舞，还有形色匆匆的白领、拎着购物袋的情侣和遛弯的老人孩子。

"不会，到七十岁还是会问的，永恒的主题。"林果顺着她的目光抬头，天幕色彩的变化同样投射在她的脸上。

"我不会再碰他了，非常地痛苦。"道德感弱的人总爱不负责任地说虚伪话。

"你在享受。其实你可享受了，痛苦也是爱情一部分。"

"当我们在一起的时候，感受到的是一种短暂拥有的快乐和永久失去的痛楚，你懂么？"

"也可以说，是短暂失去和永久拥有，一辈子心里都住着对方，比占有躯壳有趣多了。"

许宝的确迷恋这种趣味，并且知道愿望一旦转化为现实，趣味便也随之消失。

头顶的天幕从红色变为黄色，继而又变为蓝色，四周音响轰鸣，如同即将放映好莱坞大片。林果想起这两天停留在脑海中的一句话："当我拥抱着一个挚爱的身体时，我知道，自己是彻底孤独的，我所有的情欲只是无可奈何的占有。"

很文艺，而且，令人伤感。

情欲、孤独，是享受，还是承受？真是难解的题，而这个时候，解救许宝的人到了。

"哈哈，我亲爱的许宝，奇怪吧？飞机居然正点到达。"手机响了，Max刚刚落地，"晚上见。"

"不错的男友，选一个就选一个吧，大多数快乐都建立在相当程度的天真上。"林果说。

Max的书房还亮着灯，电视机播放黑白电影。许宝走进去，Max在工作。

电影里的男女主角以相互折磨为乐，爱得死去活来。

"你觉得这是爱情吗？"许宝坐在椅把上，看得入神，又有些疑惑。

"爱情是什么呢？"Max抬起头反问。这话问得许宝一时语塞，爱情就像个鬼，经常被人挂在嘴边，但谁知道它到底长什么样？

"爱是难的。"想了想，许宝说。

"你确定它不是女的？"

"又调皮。"许宝嗔怪。

Max继续工作，许宝继续看电影。

"人们在爱着的时刻那么投入，山盟海誓，以为那就是永恒，可是时过境迁，不爱的时候，那些投入是那么地不堪一击，都无法作数。"她对此很感慨。

"小傻瓜。"Max轻轻蹦出三个字。

"你就那么笃定？没有惆怅与困惑？"许宝问。

"为什么惆怅与困惑？爱不是靠想的。"Max轻敲一下键盘，转过头来，"可能因为年轻，你的心还会经常摇摆。这很正常。"

这句话很轻松，又似乎带有意味，她警觉地想了想自己这些天来的生活，有点心虚："我只是想知道你是否爱我，有多爱我。"

"你是我的。"Max牵起她的手。

这就是她想要的答案，她的心松弛下来，慢慢地亲他一下，走回卧室。

过了一会儿，手机亮了，许宝摸过去，是Max在一墙之隔发来："你看，天灰蒙蒙的，月光都穿透不了这个城市，我的目光要如何能穿透你多愁善感的心？亲爱的，我爱你，说句晚安。"

不错，她又回到了北京。黑夜里也有爱情的味道。

她去看戏了，她又看这出戏。

几年之后台上的男女已换了演员，男人依旧死死地抱着女主角，爱似乎深入骨髓。女主角开始流泪，那男的声音更大了。

又听那些表白，她开始流泪，直到泪流满面、啜泣、哭得有些吓人，身边一对情侣侧过脸来看她。

以前也哭过，那时她二十一二岁。

回望自己的爱情，或者许许多多人的爱情，里面定然参杂了很多别的东西，金钱、利益、盘算、猜忌……剥离不开去。也许接吻和拥抱时的热情是真的，而又有很多是假的，哪怕在水乳交融时，也会不得已或自作聪明地表演。真假交杂中时过境迁，那些笑脸和肢体亲密转眼如灰烬消散在风里。人生如戏。

在剧院狭小的黑暗里，感性膨胀起来，理性退居二线，转换一个空间，走出剧场，投入现实夜晚的黑暗里，理性又顽强硬朗地挤回来，不留余地。与王翰爱的感伤是她生命行进中的停歇，歇息之后还要按动"行进"键，明智的她觉得跟 Max 在一起方向依然正确。

戏是用来感动的，晚间的风吹得人有点儿微醺，眼泪都干了，只有皮肤还有些记忆，照照镜子，生活继续。

十八

客户永远是具体的、历史的存在，老方团队要进步，就需要陪客户吃饭 K 歌。

"我对别的东西兴趣不大，要说喜欢，还是比较喜欢手表。"客户老总手腕上豪华手表晃动着，金色的，璨璨生辉。手表的样式和颜色很俗，或者叫恶俗，但手表背面的实力叫人艳羡。林果的余光不由自主地被老总手上的金光牵引，不喜欢表，但眼睛不听使唤，这是为什么呢？——

爱欲和物欲真是女人终身面对的难题。

"晚上菜还可以吧?"她得关切地问人家。自己的食欲却降低了,一点儿就顶住了,是新陈代谢变慢了吧?旺盛的新陈代谢去哪儿啦?

"这酒还不错吧?"还得继续这些无聊话。三大杯以后头很晕脸很热,只觉得陪笑一晚上脸已经僵了,麻木不已,看着有钱人引吭高歌的轮廓,她在混浊空气里意识到自己是这群人里最穷的,没有钱,不由得借着酒劲泛起一些失落和忧伤,失衡!但是还得笑,不得不笑啊。

"再会,再会!再联系,再联系!"大风天的深夜她终于能告别了那些"祖宗",裹紧自己躲进出租车,回自己租住的家,路边只剩树木在疯狂地摇摆,出租车开在四环路上,速度终于能上去了,轮胎摩擦着地面,脸上的肉终于能耷拉下来了,夜晚和酒精让她的惆怅从心底漫出来——忙忙碌碌蝇营狗苟在干什么呢?最终得到什么?离想要的生活还有多远?而且,终极问题是,想要的是什么样的生活呢?

怎么办?

人生这本书,甚至你都不知道它有多少万字,感慨之后,还需要拿起笔,继续没有完成的故事。林果在黑夜的床上躺着,假想自己俯瞰这个用记忆和想象编织出来的城市,觉得它只是北方荒漠中的一小块绿洲,也许什么时候就会淹没在某个晚上从西伯利亚或外蒙古呼啸而来的狂风中，消失不见了，而那些依着其上的所谓理想、欲念以及为此付出的挣扎全都是人们为了逃避枯燥生存而刻意为之的假象。

但是她生活在假象里，并继续制造着假象。

身体疲惫之后，焦躁、无措、对未来的不可知继续袭击着她，令她不能安眠，醒来、醒来、醒来，都是深夜，就算没有狂风呼啸，没有大雨倾盆，她还是会醒来，体会北京深夜掺杂灰尘的气味。

三点多，她看了看表。经常这个点醒。失眠症仿佛是一个人走向成年的真正标志。她又一次在深夜里听见自己狂乱而急促的心跳，声响大得惊人，人体是一台奇妙的机器，心脏如发动机"嘣嘣"作响，不知道最原始的动能从何而来。

器官之外的皮肉也在发生变化，背部肌肉逐渐松弛，腰间曲线也变得不那么明显，转身看见镜子里的内衣勒痕时，青春流逝的无力感在焦灼之余隐隐袭来，增加着焦灼。

怎么办?!

"你该健身了!"有一天马南看着她工作之后的疲态对她说。

这句话救了她，她确实需要一件事。她要干什么，她想干什么呢? 当理想、欲望深处远方而又不停召唤，不安全感时时刻刻侵袭，人压抑着自己不断蒸腾的能量，这能量在胸口隐隐作痛，顶得阀门"嗞嗞"作响，让人憋闷得如同快要爆炸，她特想找一个无尽旷野发疯般地奔跑呐喊，撒点儿野，可是这个城市没有旷野，甚至一小块舒坦地儿都没有，更多的时候，人们把自己的狂暴浮躁发泄在拥挤混乱的公共生活中：满眼望去，太多人为了生存，为了少得可怜的资源，像没头苍蝇似地穿梭在这个大容器里，冲、挤、抢、按喇叭、大声叫骂、相互窥探、相互倾轧……善良一点儿看，他们只是有各自的"苦楚"，要在竞争与斗争中有意无意地把这些"苦楚"转嫁出去。

但她做不到，说到底，她也只是个直率的淑女。所以只能在健身房低矮横梁下还没因故障停机的跑步机上没有位移地奔跑。身旁胖瘦高矮来去去，健身房里传送带的轰鸣伴着沉重的踩踏声不绝于耳，单一乏味无聊，但和很多事一样，继续下去，进入状态以后，就会发现跑步机是磨练肉体的利器——不强健的身体在机器上奔跑了五分钟便开始疲乏，沉重，之后是越来越疲乏越来越沉重，太糟糕啦！于是她自然而然地做了一件事，用野心和欲望分散注意力——业绩、钞票、信用卡上的数字，老板、大佬们的面目以及自己未来的成功模样，伴随期许、祈祷一股脑喷涌而出，如大幕般在眼前编织成一个巨大世界，海市蜃楼一样地，漂浮在半空，她话痨般地絮叨着将这些东西默念出来，脑海中念得再大声一点，反复鞭策，以完成另一种呐喊。起先只是想坚持、再坚持一会儿，以此忘却身体之苦而在机器上多待一阵，进入某个境界时又有新感知

——热力从脸颊、发际和肢体某些地方蒸腾而来，气势凶猛地意图发散，跟迟钝而顽强的毛孔作斗争，心脏以剧烈的跳动振颤着自己，直至节奏和力道迅猛强大得吓人，身体发热就像要炸裂，而意识中无法压抑的澎湃却逐渐平息下来，实现一种能量转换。

汗水喷薄了，脑袋空洞了，机器停了，林果撑在跑步机把手上，计时器上的红光在眼里变虚了，海市蜃楼消失了，心脏还在猛跳，但心情平静了——什么都不想要了，起码暂时，一切幻象都不重要了。就这样，躯体疲弱，意志穿越皮肉攀上高峰，而当躯体跨越疲惫，意志又从高空坠落。这不仅仅是健身了，还是一种奇妙感受，一次又一次循环往复中，跑步机竟然成为释放欲望的乐土——那些幻象，她知道它们还会回来，只要她还想看见，下一次登上履带就会见了。

随着计时器的红光在眼里变虚，她在疲弱的躯壳和空洞的目光里还弄懂另一个道理——对于受过伤的人来说没有任何一个他人能真正安慰自己，时间是唯一解药，起初不知道药效，直到某一天得以痊愈，过往的忿忿跟怨恨便如同蛛丝一般一抹而去了。

人生的路也是在奔跑，她不能希冀依靠男人了，连共同奋斗都未必靠谱，归根到底，指望别人是很难作数了，这时，她觉得自己得感谢老方的洗脑且越来越像老方了："你问我为什么这么汲汲功名，如此辛苦工作？安全感，我需要安全感，只有高速运转才让我感到人生是有希望的。不要怪人贪婪，我们身处一个令人不安的社会。"

老方说的一点儿没错！而且，努力总会有回报，"感谢老板，感谢伙伴，感谢媒体，感谢 CCAV，我会继续努力！"几个月后开会时的致谢词至少表明有些东西不曾被辜负不会被辜负。从二十八岁后的某一天开始，她让自己投身于狂暴的事业冲动中，带着勇士般的英勇，而且她相信没有全身心投入过的人不会了解它有多痛苦多美好。

三十五岁的同事某一天非常感慨："我每次看到看到大楼上鲜红透亮的公司标志就有一种说不出的感觉，觉得心被深深挠了一下，有一天我想明白了，这种感觉原来是——我把青春献给你！"

"很快，'我会把中年也献给你'。"接下来想到的这句更加滋生感伤。

在这样的情绪下，人会偶尔对自己最初来到大城市的动机产生深切怀疑，继而，再用很多比喻、例证来消解这些怀疑，说服自己——"电影里怎么说来着，人见到一座山，就想知道山后面是什么，可能翻过去，会发现没什么特别，无外乎还是山，但很多人不会听，自己不亲自去看一看又怎会甘心？"而有了这一次偶尔之后，便会有下一次，这样的怀疑与消解怀疑便是循环循环与循环。

"我只是不想再啃老，我只是想靠自己的力量在北京挣一套房。"有这样想法的人数以万计或者更多。

"当然，挣到第一套之后，接着还有车、旅游经费、孩子学费、名牌服装费、更大的房、更好的车……"这也是顺理成章的事。

"你想的太多了。"马南对她说，仿佛不食人间烟火。

"为什么不能想？这都是这个城市、这个世界呈现给我们的，它能呈现出来，为什么我们不能想？"林果反驳。

"这个世界就呈现了这些？"

林果语塞，不太好回答了。

"你作为一个男人更需要想吧，不然谈何责任感？"去聚餐的路上她不服气地追问。

"不要多想，做就行了。"他说。

马南是个不错的摄影师，但他有一个奇怪的理论，如果你把自己热爱的事变成一种生计，你便磨灭了自己的热爱。"让自己在生存之外，有点儿生活吧。"所以他以公关广告谋生，而他的生活，在骑行、徒步和摄影的路上。

"大学毕业前第一次去西藏，之后便念念不忘，时隔一年再去，客栈老奶奶转着经筒，仍坐在原处，时间怎么流淌得那么慢？下午的阳光照在我身上，让人有种幻觉，就像吃了个午饭又回去而已。突然就明白了爱因斯坦的相对论，大概就是这个意思。"他是名校生，他在事业上升期，但他陶醉在那个地方，只为他的路费而工作。

"上一次去是什么时候？"

"前年，上一个工作辞职后。"

"反思现在的生活，每天睡六小时，每周末飞在不同城市，每次吃飞机上有着怪味的盒饭，每次应付无聊的人和事……也许哪天就走了，不要这些了。"聚餐的时候他又说。

"他是个'驴'啊，'驴'的思维跟人不大一样。"老方拍拍黑瘦子。

是的，他是'驴'，自主旅行爱好者。

林果不是'驴'，她的职场人生刚刚开始，雄心大得能吃人，偌大的城市还有待她去征服，所以，她在心里皱了皱眉，不认同。

她最初是怎么想来的呢？

"那天四十度，大太阳烤得人都要化了，唯一的好处是气压不像南方沉闷低沉，那是我第一次来北京，平安大街还在修，东四的特色小店还很多，人们在大太阳底下还不知道要抹防晒霜。那时候我还在精力超极旺盛的十六七岁，几天里把北京的景点都跑了个遍，忘了是要去哪儿，我冲进地铁车厢，车厢里很空，离我一米有一个小伙子，帅气，或者叫英俊，头发半长，当年的郑伊健那么长。他穿一件紫红色 T 恤，抓着吊环一样的把手。我看他，他也看了我一眼，当时我觉得自惭形秽，因为大太阳一定晒得我红光满面。我当时暗下决心：我要来北京，这里会有我的爱情，可是呢，后来的北京地铁，车厢再也没那么宽松过，我也再没见过那样的俊男。"

很多女孩在年少时为自己幻想出美好的恋爱对象，但慢慢发现那个自己勾勒的幻象在现实中极难遇到，慢慢地，在学习和成长中她们自己倒具备了理想人物应有的许多特质，到这个时候，貌似她们已经不需要男人了。她们觉得，是生活把一些好姑娘逼成了雌雄同体。

"是傻姑娘吧！"老方一贯认为是她们自己不善于抓住现实机会。这和亲朋们的世俗看法如出一辙，她最讨厌她们称她"老实孩子"，这个词似乎明褒暗贬地指出她的弱势。

而就是这些被老方称为傻的姑娘，她们貌似逐渐忘记了"男人征服世界，女人征服男人"这个至理名言，妄图通过自己实现些什么，但经常地，她们勇猛的灵魂又能够隐约体会，这个社会从任何角度上说，终究是个男权社会，明白到这点之后她们甚至有些恨男人，要跟他们一较高下的心如同高原缺氧般地膨胀起来，带着无处发泄的狠劲儿。

"也别因噎废食啊。"亲朋们对她说，"学学人家。"她们用"聪明"女孩鼓舞她。

"无聊，整天想男人。"风流之辈令她不耐烦。

"上帝创造男女，就是让他们相互想的。"许宝反驳说，"你是有点冷感吧？爱冷感或者性冷感。"

对许宝的这种说法，林果总是嗤之以鼻，但是在"切"一声过后，会隐隐心虚。回家路上她一直在思考这个问题，人在直面自己的时候起码是坦诚的，她平静而又惊异地发现自己已经很久没有性欲了，于是也变老变丑变得不像女人了，是她在过去的日子里频闭了那个东西，甚至忘了还有那东西，拥抱和爱抚的滋味如同这个平原上人们渴望的黄澄澄明亮亮的太阳，很久没有温暖她了。

意识到这点之后就像气球漏了气，虚弱不已。只能气急败坏地回家，只能在辗转反侧中拥抱自己抚摸自己，无限惆怅，这世界为什么要有男人呢？只有女人不就行了么。

又一次相亲失败了，一个一个男的，她喜欢不上了。很难爱上一个人，令人非常地沮丧。她的存在就像是为了证明女人根本就不是来自男人的肋骨，女人就是女人自己。然而这个世界却不断鞭挞和警告她，你是个女人，女人需要男人，你得证明自己是个女人。于是自己都不由得鞭挞和警告自己。天哪，多矛盾，多可怕。

如果一个男人无法在她心中建立一种亲切感，那么这个男人无法靠近她。这是她的摸索总结。

所以，她得先找亲近感。

环顾四周，年龄相当的男人里只有她的同事马南坐在不远处。

"你怎么变这么黑？"不看则已，休完年假的马南令人大吃一惊。

"骑车出去了一趟。"他带着自行车去了西藏。作为驴，骑行是他们证明存在的方式，就像无数在那条路上移动过的黑瘦子一样，滇藏线留下他的足迹，"生命就应该经常在路上，坐在这样的隔档里，就像工蜂工蚁，感觉人生是那么地没有意义。"

林果没去过西藏。那么，那些不断骑行不断朝圣的人们又在追寻什么呢？路上的工蜂工蚁和隔档里的工蜂工蚁区别在哪儿？她脑袋里在翻泡泡，貌似亵渎的话没有说出口。

"得空带我去吧。"她说。

驴都说坐飞机到拉萨是一种很乏味的方式，而当几个月后她真要去的时候，只能用这种方式。

"因为你，第一次，可以飞。"他试图慢慢培养她。

十九

"刚来不要洗澡，不要做任何可能导致感冒的事，慢慢走路，匀速，不要奔跑。"马南一边教导她一边跟约来的朋友打招呼。

来的姑娘有一头乌黑浓密的头发，叫达娃，是马南在拉萨结识的朋友，作为业余导游，她说着带口音的汉语，带他们往大昭寺走。

"这里的企事业单位主管多为汉人，他们更懂得与人打交道，懂得咱们这个国度的俗事规则，"马南说，"当然也有那种极度世故的藏人，能跟汉人一样见人说人话见鬼说

她们说

鬼话。"

林果看看达娃，达娃认真听着，神情里没有现代人无法克制的判断和反应，让人不知道她有没有听懂，林果在她红红的脸颊和乌溜溜的眼珠里确实看到了未经世事的单纯。

大昭寺广场色彩斑斓人身起伏，对于都市生活者而言，不管此前有多少预知，眼前依然是从未见过的奇特画卷：身着艳丽服饰的藏族老人虔诚地抚摸大昭寺外墙上的石雕，休息的外国游客悠闲地坐在他脚边，套着各种袍子的人自顾转着经筒来来去去，虔诚叩拜者在各种垫子或直接在地面上站直、匍匐、站直、匍匐，还有人一身黑衣，戴着手套，似乎从很远的地方来，用沾染着尘土的躯体缩小与目的地的距离。

这叫什么？脑子里搜索了很久才找到术语——"磕长头"。就做这一件事啊？不禁想问。在这里，令人最好奇最有所触动的是他们的专注，需要怎样强大的内心语言才能让他们对外部环境毫不在意，仿佛这个世界只有自己和内心所求？对于林果来说，这样的感觉在她失意时登上跑步机的时候出现过，而那张让她忘却肉身之苦的大网里，包裹着功名利禄。

这些人，渴求什么呢？只要是凡尘俗世，内心需求与内心需求有区别么？祈求平安和祈求成功有区别么？她脑袋里有好多问题。

"他们在修什么？"她问马南。

"来世、今生。"

"有没有人不想轮回？不想做人了。"

"没有人想成为神，藏人敬畏神。"

"我说的是觉得人生苦，不想再来了。"

"没听说过。"

他们从寺门往里走，脚边是信徒们经年累月虔诚叩拜留下的深深印痕。寺内的色调幽黄，佛像们俯视着仰望拜谒的人，好像已经生出了宽容一切的眼，时光在他们的低俯下静止在桌台上那一盏盏酥油灯的凝脂里。

昏暗灯光中，马南指指墙上的一个小洞，顺势把耳朵贴上去："这叫海眼。据说这里原是一片海，沧海桑田，有缘人能在这里听到海的声音，有关海的一切。"

林果贴过去，虔诚地，抬起眉毛和眼珠，可是除了隐约风声没有任何海的踪迹，什么也没有。

正如《皇帝新装》里的成年人，耳朵离开后她没有问马南和达娃"真能听见？"这样暴露自己粗鄙的问题——真实往往是粗鄙的，又如另一些人，短暂思维活动后她明白了道理——和人间很多事一样，这是一项精神活动，相信和想象是其完成的要义。她又贴过去。

离开海眼后林果是沉默的，沉默地在幽黄色调中再次走过青石板，在与佛像们的相互凝望中模模糊糊听达娃讲解，直到沉默着走出寺庙，阳光如同海潮扑面而来，连带商业街的声浪。

八角街和其他任何地方并无太大区别，纪念品四处陈列着。交钱买了转经筒，是否就能收获那种转动的带来的庇佑呢？也许。林果手拿转经筒，四顾之下，行走的人们都拿着相似的筒，街道上的气流在同一方向的转动下向一个方向涌动，在阳光的海潮中嗡嗡作响。

"海螺，海螺化石。"游客展示在八角街上淘到的宝贝，似乎印证了海眼的传说。

"是我要求高吗？可商业气息还是不知不觉地侵袭了它。"大昭寺很棒，但回到声浪中她觉得其他地方不如想象。

"你太完美主义，而且在意的是那些不重要的小事。真空中的圣地应该并不存在，世俗部分不影响主体。"

小事？有没有人不想轮回，不想做人了？她一直在想这个问题，如果有，该如何解决哪？

他们并排走着，马南的话让她觉得他们是两条轨道上行驶的马车，就像她和达娃，也一定不在一条轨道上。

晚饭过后是享受美好的时刻。

空气稀薄得透明。星河绚烂，深蓝大幕下星星们此起彼伏地闪动，亮度惊人，与污浊空气中的疲惫乏力截然不同。林果没有那么多词汇和语句来描绘，语言在自然面前相当匮乏。

"简单、真实，是我喜欢这里的原因，你可以体会个体在这里多么渺小，什么都不重要。"坐在客栈天台上仰望星空，马南说。

"嗯。"

马南转过头来，似乎对她的简单认可不太满意。

可是林果没有更多话语，她只是回忆了回忆，在帝都她看不到星星。

"你会爱上达娃那样淳朴的姑娘么？理论上这样的姑娘比较贴近你的价值观。"她问了另外一个问题。

有点出乎意料，马南尴尬过后认真地想了一下："应该……不会，虽然喜欢淳朴，我更喜欢见过繁华后的返璞归真。"

"瞧，渴望天然纯真又无法完全直面，就像难于摆脱懦弱和庸俗，却不能停止向往勇敢与真实，所以总处于两难。"她的批判性代表她已不再淳朴，不再淳朴才能跟他讨论这些啊。

"哈哈！"

两架马车并非完全没有相似之处。

几天没洗澡的林果独自走在拉萨河边上，天阴阴的，所以近处的白墙远处的青山都失去了一些阳光下灿烂的力量。西藏是许多身处都市囹圄的文艺青年的梦想，就跟生活中的许多梦想一样。但是，踏足梦想本尊之后，一些琐碎细节打扰着林果——指甲缝里的灰色油脂、遥远的从头皮传来的油味分散着虔诚意志，对高原反应的忧虑压制着活力，缓步走、慢慢爬楼，从来没这么慢过，仿佛洗涤灵魂的前提就是身心提前进入老年，精致讲究的都市习惯和生龙活虎的都市节奏召唤起她来——终究是一个平原上舒适环境里的人。俗人。真真是附庸风雅。

坐在客栈天台上的某个时刻，脑海居然还在星光下闪过一丝不安——这样清修般的生活之后，还有多少工作在等待自己。就像马南说的，她在意的是那些不重要的小事。同样地，"逃离轮回"这个问题马南也给不了她解答。

"去拉萨，是次很奇妙的经历，也让我明白了——我只是叶公好龙而已。"

二十

许宝努力不想那些有的没的，她在调整着自己的幸福频率。人们常迷醉于苦恋的美，一旦现实转换，这美又被抛之于脑后，她对王翰的念想就是这样，如果真实地走进去她就会知道，梦只是梦而已。

"昨天吃饭，那餐厅里人特少，我觉得老板要赔死了，顶级主厨请着，银泰大厦租金付着，偌大餐厅桌桌蜡烛点着灯开着，哪哪儿都不马虎，要是我得急死。可是后来跟

Max 到停车场取车的时候，满眼法拉利让我似乎弄明白了，也许人家真不在乎客人多少。"她在电话里描绘前一晚吃饭时的见闻和感受，豪华餐厅里幽暗的灯光和那些扁扁的她还没真实体会过的豪车一直在眼前晃悠。

新家入住，高档社区的生活继续刺激着她，不用说小区里住着什么电影导演体育明星著名主持人，地库停着高级跑车和豪华轿车，单单这一条条往来于电梯和花园间干净肥硕的狗，就能彰显这方圆半公里内的生活水平。

下电梯的时候，看见一个牵着硕大松狮的中年邻居。

狭小空间里的尴尬时间，许宝对着松狮微笑。

"我们住九层，还有八层，哈。"邻居摸着爱犬既像告诉许宝又像跟它自言自语。

呦，你还真是幸福，许宝在心里对松狮说。

"姑娘，你是做哪行的？"邻居问。

"我吗？广告业。"

"您是做什么的？"许宝问。

"珠宝。"对方回答。

敢情 Max 和自己算这个小区里没什么钱的。电梯门"叮"地开了，她头顶的平衡器有些小小地失灵。

这样的失灵使得她和 Max 相处起来也不太痛快。

近期的广告公司处于大忙季节，而打折季也开始了。当许宝提着大包小包走进家门时，经常看见 Max 精神透支地躺在沙发上，对她的新衣服视而不见。

"Honey，你是不是需要找个工作了？"终于有一天Max说。

"怎么？我花你钱你不乐意了？"许宝在镜子前转身。

"当然不是。我只是不喜欢你老待在家里无所事事的感觉，职业女性更有魅力。"

显然，许宝从此话中听到的重点是，自己的魅力降低了。逆反心理抬升起来，"我只是想休整休整，寻求更好的发展。"

"新井说想招你回去，你怎么拒绝了？"

"薪酬不满意。"她回答。

"薪酬不那么重要，老实说，公司新来的人不如你，你是有能力的女孩。"

"Don't push me，"许宝打断他，"我知道该怎么生活。"

"还有，你说你会帮我，如果Jeffrey那个奢侈品公司有机会，我很乐意。其实最近我在网上看了很多资料，对那行很感兴趣，所以别以为我什么都没做。"她补充道。

她真的没有忘记自己的职业规划，逛街的时候都在想。

Max径自走进书房，就像什么也没听见。

她确实脱离社会有一小会儿了，她得回去看看。走进展会酒吧区，远远地看见Max和那些前同事哈哈大笑。

"嘿，许宝，好久不见。"前同事们拿着饮料招呼她。

许宝走过去，第一眼就看见了Wendy。几个月不见

Wendy 清瘦了不少，发型也更时尚了，印证着职业女性更有魅力这一说。

"真好，这个案子终于有一个很好的结果，真是愉快，多亏了大家，多亏了 Wendy 的支持与协作。"Max 兴奋地拍桌子，兴高采烈地跟众人举杯，第一个触碰的是 Wendy。这个举动在他人来说不值一提，但在许宝看来却有些刺眼。作为重点表扬对象，Wendy 娇羞雀跃地捂着脸，俨然成为了聚会主角，顿时，许宝的小心房有了丝丝警觉。

而 Max 接下来的表现令她更加不爽，他搂着许宝大声对众人说："年末我们想去巴厘岛，有兴趣么？一起去？"并抬起眉毛示意了一圈。

在 Wendy 和他人的欢呼响应声中，许宝抬眼看他，想用情侣间的眼神传达些什么，可是这个男人显然沉浸在快乐中，跟着音乐哼唱摇摆起来。

真窝火，她头一次感觉到自己像个局外人。

愤怒嫉妒的小火苗被 Max 和一个比自己大五岁的单身女人点着了，从嘴角挤出最后一个微笑之后，她从酒吧区走出来，不想看 Max 一眼。展会上的豪华轿车璀璨夺目，锃亮的车门甚至能照出她因生气而扭曲的脸。

正在郁闷发呆的时候，抬眼看见一个三十多岁微胖男子站在对面，四目交接的时候有那么点意思。天线接收器很灵敏，于是她决定暂时抛却心中不快，抿嘴暗自微笑。

果然，受到微笑的鼓励，慢慢地，那个人从车旁绕过

她们说

来搭讪。

"这车不错是吗?"男子说。

"是很漂亮,但其实,我不懂车。"她回答。

聊着聊着就聊到了工作。

"懂的可真多,请问你是做什么的?"她奉承他。

"投资。"他回答。

"投资什么?"她有点好奇。

"具体地说,什么赚钱投什么。股票、期货、珠宝,都做过,现在做科技产业。"

又是珠宝,电梯里的"叮"声又在脑海里闪现。许宝一边微笑着赞许,一边转过头去寻找 Max,见 Max 正朝这边看,并有起身要过来的趋势,心中的不快消解了一些,她暗爽而又带有报复心地继续转向这个人。

"这是我的名片。"对方递来一张名片,上面写着"某某科技公司董事"。对方向她介绍自己正从事的产业,她继续微笑,头脑中的显示器迅速地为这个男人打出一个身价。

"你,能给我你的电话号码么?我想,有空可以聊聊。"漂亮女人的被肯定不正在于此吗?对方的眼神表明了她在生物链上的优势。

许宝点头应承,犹豫了一下,还是把号码报给了他,在 Max 那儿丢失的平衡感在此处得到补偿。

显然,恋人的占有欲让 Max 抛开同事走了过来,这招还真管用。

"Honey。" Max 叫她。很快，彼此微笑和几下打量之后，那个男人退出了领地。

"怎么突然来这儿?"看着她手里的名片，再看看那个男人的背影，Max 问她。

"你们那么开心，我不忍打扰。"她酸酸地说。

"我挺想让你再融入公司氛围，以为你会乐意。"

"那为什么不通知我就请别人参加我们的旅行?"

"呃，如果你不乐意，以后可以不提。不过你不觉得大家一起会更有趣?"他看似妥协了可是又并未妥协，这就是老男孩的可恶之处。

"Ok，你有趣去吧，"她失望地耸耸肩，示意他回到酒吧区，"我要回去了。"

Max 悻悻地站着，没有挽留。穿过展厅熙攘的人群和貌似前卫的音乐，许宝想，也许情侣们到了某个节点都开始需要真正的磨合。

余气未消的许宝重重地倒在床上，一些其它的细节钻入脑海——以往开会和吃饭时 Wendy 会体贴为 Max 取大衣穿大衣，一切都显得那么自然和发自内心，女人的第六感告诉她，情场不会平静，就算她不让贤，也会有女人巴巴地觊觎她现在的位子。感觉这东西闸门一打开便越来越汹涌——她不由得发现自己太了解那些女人了，因为她就是她们。离开是危险的。

她忿忿地想着 Max，又想想那个主动搭讪的投资男，但是显然，陌生男人的倾慕与认可敌不过枕边人的忽略与轻视，想象 Max 和 Wendy 把酒言欢的画面，她辗转反侧。又想到了王翰。要是王翰，就不会这样，她用王翰安慰自己。

一个小时，或许半个小时之后，她听见了 Max 的声音。

她装睡。幽暗灯光中，他上了床。

"嘿，I love you。"他从背后亲亲她的头发悠悠地说。

他用手抚摸她的头发如同抚摸一只闹脾气的猫，被子里由于他的到来而增加许多暖意，她依旧闭着眼，但内心的温情慢慢浮起，先前的那些郁闷逐渐消散，但又有不可遏制的委屈，于是她转身投入他怀抱，紧紧抱住属于自己的东西，直至睡意渐渐来临。

第二天她起得很早，从慵懒波斯猫变为勤劳小主妇。Max 九点钟起床时，三明治牛奶已在餐桌放好。

Max 抬起眉毛，意思是太阳从西边出来了。

"刚下楼买的，最新鲜的。"谄媚有时候会让人自己很愉快。

"太好了，非常好。"Max 乐呵呵地迅速地吃完，起身往里走。

"干吗去？"

"去公司啊。"

"不是说休息一天么？这个活儿结束了。"她跟到书房里。

"还有别的。"

"在家办公，哪都不许去！"见他收拾笔记本往书包里放，许宝坚定地说。

Max犹豫地想了想："管三餐吗？"

"当然！"

"嘿嘿，You are the boss。"Max顶着没梳的一头灰发得意地倚在老板椅上。

"放心，我会叫外卖的。"许宝也很得意。

从上午到下午他俩就在一起待着，阳光从一个阳台转向另一个。某个时刻许宝抱着拆洗的床单走过书房，看见Max专注地工作，心想这样男耕女织的日子也不错。占有欲大发作的时候，她觉得特别享受这种牢牢看着他的感觉。

"我发现了，一个不能完全被征服的男人总会令你兴致盎然。他就应该对你若即若离。"林果知道了肯定这么说。

是呗，人性本贱。她自己都很无奈。

短暂的休息结束，Max依然要去上班。

"Honey，今天我到公司楼下的咖啡店看书，等你下班好不好？"又一个早晨来临，当Max背上书包经过卧室，许宝趴在床上问他。

"没问题，电话联系。"Max出了门。

许宝把卧室里的厚窗帘拉开一条缝，让光线通过薄纱投射进来，她重新爬上床去，昏昏沉沉地睡。这是她最喜欢的亮度，做白日梦的亮度。梦里 Max 似乎变得很糟糕，另结新欢胡作非为，而那些女人的脸她看不清，许宝在昏昏沉沉中意识到这不是梦而是她心中假想，可是她沉浸在里面，没有勇气醒来。

是的，通常有些人总在想象中给自己戴"绿帽子"，而那些真正被戴上的人却往往不自知。

手机响了，终于有睁眼的理由，映入眼帘的是一个号码——哦，那个展会上的投资男。她坐起身，清清嗓子。

"许小姐，还记得我吗？"他跟她寒暄。

她也跟他寒暄。

"我想约你出来吃个饭，不知道你有没有空？"

许宝的脑袋飞速地运转着，她需要立刻作一个决断。

也许跟这两天的情绪有关，她没有给自己机会。

答案给出，对方礼貌道别。

打完电话她坐在床上回味了一下，这样一个男人能带给她什么。有点可惜。

是有点可惜，同时又有了更大的动力——去等 Max。

当你想占有一个人，甚至完全占有他的时候，你就爱上他了，或者，只是不想输？她并不是很清楚。

"你觉得这是爱情么？"有人可能会问。

那什么是爱情呢？她想到 Max 的话。

起码她刚刚婉拒了另一个人的追求，而且那人应该比 Max 有钱。想到这点，她理直气壮地挺起腰，但是也不得不承认，内心还是挣扎了一小下——是的，那人的语调、神情所流露出的世俗气息告诉她，他达不到 Max 的精神层次。

这是一场没有硝烟的战争，争夺的是彼此的人和心，而且，参杂了太多人性考验，因此，作为无法摆脱自私的人类，她此刻迫切需要 Max 给予对等的表现。

午饭吃完，许宝朝 Max 的公司晃悠过去，她想起 Max 的话，爱不是靠说的，她得做。她笑了，想象自己点一杯咖啡，翻翻书，在宁静时光中等他。

有一阵子没来了，下午一点多的办公楼下人来人往，旋转门不停地吞吐着人影，不同于十二点的疲惫与匆忙，慵懒与无奈写在白领们脸上，让许宝看着有趣。可世间事确实有点儿不想要什么来什么，作为一个旁观者，她看见五十米外的那个熟悉身影——Max，他正和 Wendy，这个她梦中的情敌有说有笑地走进大楼，没有慵懒与无奈，似乎很享受这个中午。

她追过去，看着他们的背影，失望和嫉妒翻江倒海。以往都是这个男人站在某处注视着自己，现在，五十米的气场他已经感觉不到她，因为他正兴高采烈地跟另一个女人说话！

《天使爱美丽》说：你永远也不知道自己有多喜欢一个人，除非看见他和别人在一起。是这样吗？想起 party 上对视时 Wendy 的眼神，琢磨了一会儿，她拨通新井的电话："Hi，新井君，我是许宝，上次你说组里需要人手，不知道现在情况怎么样？前阵子我身体不太好，现在随时可以回来，如果你愿意的话。"

显然这个自荐为时不晚，新井高兴地接纳了她："关于职位和薪酬，我们可以面谈。"

"可以，没关系。"薪酬已不在话下。

当她告诉 Max 自己要从小主妇重新变身职场干将时，他只是抬了抬眉毛说了声"好啊"，眼镜耷拉在鼻梁中央。

两天之后，当许宝穿着 Theory 衬衫和 Christian Louboutin 红底鞋意气风发地走入办公室，俨然觉得自己是个女战士。

"嘿许宝，真好，我以为你不会回来了。"

难道这些人以为她真的会做贤内助？

"新井君说需要我回来，我想我是有价值的。"她的余光不由自主地瞄向老男孩的办公室。

Max 正在组织又一项策划案，新井团队的营销企划也正在紧锣密鼓进行中。

"中国人太多，这是个令人讨厌的事实，但是，正面地想，我们有那么多潜在受众，这对企业来说是多么令人欢欣鼓舞啊，对广告人也是一样。"高级经理许宝微笑着对客户说。

"我们对由消费者导向的创意抱有热情，同时也坚信这种创意可以在任何地方生存，不管通过什么样的媒介进行传播。只有这样，我们才能够将创意与有效性真正地结合起来。"高级经理 Wendy 走的是干练范儿。

和三年前的两个人完全不同，如今的她们更像两辆并驾的马车全速前进，从穿着到脑力，许宝第一次觉得自己如此在意这个女人，而 Wendy 也不卑不亢地保持着距离。

"那天听 Max 说你要去上海分公司。"回到新井办公室的时候，Wendy 对新井说。

"是吗？为什么？"许宝惊奇于新井的动向，同时被 Wendy 击中。

"说来话长，容我现在跟你们讲。希望我在这里的最后两个月，大家合作愉快。当然，我走了，变动肯定会有，与此同时，机会也就来了。"新井坐在办公桌前，向她们正式宣告自己的未来。

二十一

林果和马南回到北京，一切都不同了，那些清静、平和全都慢慢褪去，和空气一样，所有事物浓度、密度都变大了，挤压得身体和精神都紧致起来。

同样紧致的还有马南黑瘦的背影，独属于某一类男人的背影。林果某一天看到这个背影时身体内的某个部位有微微收缩的感觉。她终于有点明白许宝所享受的那种感觉，许宝天生懂得并享受着，而自己不屑、鄙夷、抗争却又不得不向现实低头，像个傻瓜。

"唉，你也太好了吧，要是我再没男朋友就找你了。"工作餐的时候她说。

"少来，我可不需要安慰奖。"马南说。

这个念头过后林果觉得她的情感区域磁盘还未恢复。通常来说知己好友都是备胎，或者，还没下定决心拿来练手的人。

马南也有他的心理活动。

"实在找不到人跟我做朋友吧，男女朋友那种。"有一天他说。

"有对好朋友下毒手的吗？你可真是我哥们儿啊。"她说。

玩笑看似不妥，但说完听完就像在脑海里打开一个天窗，她知道自己只有对一个男人产生亲切感才能继而产生男女的可能性。

团队间的比稿即将展开，总公司从日本请来了评判专员。

"如果这次拿到，我们将是全公司最红的组。"林果说。

这成就感可了不得，显示出一个人极富才智的样子。

然后是什么呢？行业认可，事业机遇，对一个食欲很强并饥饿已久的人来说，这个饼不美好么？

接连几天林果都捋着衬衫袖子，捋着袖子"嗒嗒嗒"打字，捋着袖子疾步于办公室与办公室之间，并不因为袖子捋起来好看，而是因为它是某种情绪的外在表现——大干快上，青春无多了呀！

"你太紧绷了。"

马南在她的后脑勺上轻轻拍了一下，或者叫按了一下，用老大哥安抚小妹妹一样的厚重力道。那不是一双大手，也不太硬，但后脑勺的感受很好，非常适应甚至迷恋这厚重一按，在这样的力道下林果的头顺势往前倾了倾，而等她转头看他的时候，他已经背对着她了，他那用于徒步和骑行的骨骼异常俊朗。

后脑勺被按过以后，人松懈下来了。许宝家的卫生间镜子前，林果注视着自己，眉眼还是一样的眉眼，灯还是一样的灯，眉眼又不是原来的眉眼，灯不是一样的灯，时光的码在容颜的轨道上慢慢后移。几年前的眼皮还没有新皱褶还内双得厉害，几年前的瞳孔也必然聚焦不到现在这地方。现在更好，现在最好，注视中她觉得。但最好也就预示着处于顶点即将滑落，从某刻开始缠绕女人的隐忧。她脱掉外套欣赏自己的身体，在还能叫做欣赏的时刻，她的锁骨鲜明而平滑，想起电影里一个男人曾迷恋自己女人的锁骨称它叫海峡。她也有美丽的海峡，就像许宝迷恋自己天鹅般的脖子幻想自己是天鹅一样。

"我要解决性。"她在浴室里做了个决定。

"很好啊。"许宝在门外回答,"注意安全。"

"我要解决寂寞。"

"我觉得发愁,北京太大了,自己特渺小。"

"你想活成多大?做个阳光的普通人不好么?"

她和马南并肩坐着,同样是仰望,仰望一片人造星空。她张开嘴,却发现气氛不适合讨论,她的思维凝固了。

巨型天幕上滚动着名字、祝福语和情话。人们站在寒风里仰着头,傻傻地向上看,在等待和分辨中痴痴地笑。

那是感情最容易走向亲密的一个瞬间。

起先他们并排说话,有一搭没一搭,林果用余光和偶尔的一瞥打量他——他的皮肤、神态、脸上的肌肉含量、胡茬的长短,还拥有年轻男人的气息和味道,居然,极难得地,她有了想摸摸他脸的愿望,摸脸,头发、眼皮,随便哪儿,只要裸露的真实皮肤,然后用双手,用脸、嘴……她有点儿高兴,这对她来说是件好事儿,不由得琢磨起那些在女人面前动邪念的男人,哦,原来大概是这样。身心体验又丰富了一层。于是决定再任性一点,她决定看着马南,时间久一点。他静静地坐着,静静地看着她,从他的眸子里她能看出来,他眼神平和而坚定,正如他对于这个世界的欲望。但是后来,不那么平和了,四目相对令人有些慌张，她知道自己眨眼的频率加快了，但眼神应该是明亮的，一个晚熟女青年，还处在需要爱情激荡的年纪，还在判断他是不是她喜欢的，想爱的那个，但她还是抱住了他，主动地。太孤独啦，很久没有体会过的男性体温包裹了全身。在这个城市的浓度和密度下需要现实的温存。

看似自然，但其实蛮笨拙。事后她这么觉得。

男性躯体与女性躯体的区别在于热度、厚度和硬度，差异让他们彼此需要。而更深层的需要是——躯体相拥的时候灵魂得到休憩，从而恢复活力变更自由，循环往复。

马南抚摸着她的后脑勺，像对待孩子，那是一种久违的、长大后父母都极少给予的抚摸，任何器具玩偶都无法替代的真实肌肤的质感，亲人般的暖意和异性的重量覆盖了她，她需要这种覆盖。

孤独比较久是一件令人悲伤的事，深切体会过的人从心底冒出一种自怜，转过身去时，她流泪了，内心酸楚而幸福，一个人通过另一个人完成了一种对自己的救赎。

"不要离开我。"在那刻她是这么想的，在更年轻的时候，甚至会觉得那是永恒。但她没有说出口，她二十九岁了。

"不要问我是你的谁，我不是你的谁，此刻我高兴。"她说。

"为什么愿意跟我上床？"

"因为你很好。"

"你也很好。"

躯体坚实，拥抱温暖，和一个真实的男人在一起，有了男人的重量，精神亢奋被肉体疲惫压制住，失眠症解决了。

虽然事先有预设，强调独立性，但友谊被跨越之后，似乎必然是爱情，很快，她便搬进了他那里，每天一起上班，下班，分享日常。

一个男人和一个女人如何能亲密到一定程度？她常静静地看着马南思考这个问题。她喜欢他的背影，他有坚硬漂亮的骨骼黝黑的皮肤和不世故的性情。更重要的是，他是她的好朋友，想不出别人能更让她愿意。

但他不那么喜欢北京，这在他们在拉萨的时候她就知道了。

"晚上吃什么？"她问马南。

"讨厌，太多人了。"地铁里的人流令他抱怨。

虽然在拉萨的时候就已经知道了，他对北京的小厌恶还是令她不大满意，就像北京是她的母亲，虽然她自己也不满意，但这种不满只能在她心里，不能有人将它戳穿放大。

"什么时候再去一次西藏吧。"他说这句话的时候仿佛眼前的东西都不存在。

"去年刚去过嘛。"她觉得去过一回就可以是永恒了。

"如果有一天，我想要去一个宁静的小城市，过一种跟这里不一样的生活，你会跟我去吗？”

"不知道，起码现在，不是我理想。"

"你的理想是什么？"

"我在这里需要一套房子，一辆车。"

跟许多年轻人一样，起念后就会发现，自己将成为一个传说中的"啃老族"。

以许宝当年的经验，她母亲的多年积蓄，二十万购房首付就如同一粒小石子闷声落入大海，能够听见的只是刷卡机出票时咯嗞咯嗞的声响。

同样的声音，林果在买车的时候也听到了。

她终于开着自己的新车行使在北京宽阔的街上了，嚯，堵得太厉害了，可以一边移动一边欣赏 CBD 或长安街风光了，路过天安门时可以手握方向盘和毛爷爷遥遥相望了。收音机里国际台主持人的腔调很装很好听，价值十来万的新车里，皮质座垫散发着幽幽的气味，她打开车窗，灰尘的气味打散了真皮味，于是又关上，又打开，反反复复，不知如何是好。

同样不知如何是好的还有开心满意过后的自尊心，"给你转点儿钱过去？"妈妈过一阵会问一次，她看了看自己的新衣服和化妆品。在中国，一个活得潇洒自在的年轻人离开父母的鼎力支持他会是什么样儿的年轻人呢？Nothing！什么也不是。

林果不是一个麻木的青年，麻木的青年不是好青年，于是她又开始焦灼了。

"我们一起奋斗好吗？一起奋斗？"加班过后在两个人的电梯里她急切地问马南。

"不要太急。"马南按住她的肩膀，如同按住她亟待起飞的翅膀。那双手钳制着她，压制着她的欲望，她内心的火色瞬间黯淡下来，其实她所需要的只是一个肯定回答，一个应允，让人感觉到希望，但她不能怪马南，他和她一样不虚伪，一时的虚伪并没有什么意义。

她貌似平静下来了，但他松开双手那火焰随即燃烧得更大。

无法解决。

他们堵在路上。Prada巨幅海报横亘在目光可及的地方，汽车在金发超模的俯视下喘息吞吐、走走停停，车里的人也只能按捺住性子，欣赏车海，高档车跃入眼帘，靓女一样地，魅惑的形体挑动神经，好车呀，线条那么流畅，不清楚它姓甚名谁却决不会辨别不出它的好。从哪天开始空气变如此糟糕了呀，到处都是物质和灰霾的气味，无处可逃。

怎么办呢？她要升职！

人在奋进的时候总喜欢拉上三两同行者为自己鼓气壮胆。

"去吧，成为行业顶尖的人物，标杆。"老方引诱着马南，眼神里充满希冀。

"我希望到四十多岁的时候可以体会平淡悠闲人生。"马南说。

"得了吧，到那时候你是停不下来的。"

马南笑而不语。

"去吧，成为行业顶尖的人物，标杆。"没有得到想要的回应，老方转过来对林果说。

"当然。"果然，林果不喜欢四十岁的时候停下脚步。

老方的眼神立马充满欣慰与赞许，终于找着了同类。

他们干的是公关。这个行业几乎没有门槛，又比好多门槛低的行业看起来美好很多。

董事长是一个喜爱 ARMANI 的五十多岁男人。而那些热爱这一行，热爱这种生活的方式的活跃份子，他们总跟老板在一起喝洋酒，总是说英语——在这里，如果谁显得更洋范儿那么他会更吃得开。

挺浮夸的圈子。

林果没那么喜欢这个圈子，但她想要这个圈子里的话语权，就像她并不艳羡他们的生活但想拥有他们某时某日的地位。这就带来了一个问题，是非常享受地融入这个圈子争取话语权，还是不用融进去就得到话语权？

答案似乎还挺明显，而空想所预设的结果就像是必然能够得到话语权似的。

酒吧里的光幽幽的，照得每个人都带有神秘色彩。林果和一个涂了张红嘴精力充沛状态昂扬的女人分坐在吧台两端，那是他们的总经理兼执行总监。

关于这个女人公司里一直流传着这样一个故事：一个四十多岁女人，她的办公室在双子座大厦某一层，白天和夜晚都能看到不错的市区景色甚至远处世贸天阶时尚大厦，对她来说这是很舒适的办公地点，也是具有某种意义的办公之处，因为远处那个大厦里，坐着另外一个女人。

"我和那个人，在我们二十多岁刚出来做事的时候，是很好的朋友，那是九十年代。后来，这个行业发展很快，我们的关系也在利益冲突中崩解了，成了对手。"可能在某个心情好的下午，她会告诉身边的年轻人，"她现在做得很棒，一直在那个公司，爬升到总裁，当她登上总裁位置的时候，那些当年与之争斗的人早已离开老东家各自生活在别处，某时某刻她站在窗前也会感慨也会寂寞吧，因为我就这样。"

这是她亲口说的？林果有时候会想。不过，都已经不重要了。这是一个只有利益的地方。

在酒吧幽幽的灯光下，红嘴的四十多岁女人正笑着跟身边的老外聊天，她的笑沧桑而迷人，由眼神和嘴角弧度奇妙组合而成，年轻姑娘怎么会拥有呢？

那个女人的现在就像是林果的未来，那张红嘴在音乐声和镭射光下散发着气势，几年前，她觉得自己决不会把自己涂成那个样子，现在，有点跃跃欲试了。

换取想要的东西通常需要付出什么呢？才能、努力、韧劲，她将花更多时间在工作上，花更多的时间审时度势，揣摩人心，体会职场生存法则。

几次比稿之后，老方是公司最红团队的领导了，还有了新头衔——商务主管。"执行总监"、"商务主管"，都什么区别？林果也不知道，反正，只要这些称谓闪亮地投射在他们身上就行了。而他与其他团队领导的矛盾也明朗化了——抢资源、消极怠工、设置障碍，职场活动跟打麻将成了一个道理，吃上家、堵下家、看对家，就算没有直接利害，你胡牌总是别人不愿见到的。人与人之间的防范、误解及相互倾轧交织在每一个具体事项里，在这样的环境中，人变得谨慎多思起来，或者说，再简单的人都不由自主地发觉一种叫做心机的东西，这东西如影随形越来越多地出现在工作中各个环节里。而董事长总经理这样的大Boss，却似乎是乐于见到一些矛盾的——这是一种制衡，管理的艺术，他们了熟于心。

作为最红团队的成员和商务主管的下属，林果的工作变得不那么容易了，自上班第一天起她就告诫自己"不要站队"、"不要靠边"，但那属于小动物踏入森林前的美好想象，事实是自己的脚总会站在某个地方，无法悬空于地面，而如果走进来时带着种种热情、冲动，她就会发现，实现理想与野心的路上横亘着许多人与事，它们瞬间而至，不知不觉。

　　　　　　　　　　　　　　　　　　　　她们说

抛开这些人事，所有人的工作效率都会提高很多吧？林果总在琢磨，但实际上，人与人之间的事，本身就是工作的一部分，一个人最大本领的体现，正是处理人际，而非事物。看看那些高层、准高层包括老方越来越深的抬头纹和越来越稀的头顶就会明白，一切都不容易，他们在镜子前面也会看到吧？还是那句话——沧桑皮肉总与世故表情相伴。

　　人与人争夺的是什么呢？可见的名利和还看不见摸不着的带来名利的机会，这些东西就像跑步机上漂浮着的海市蜃楼，勾引着魂魄。

　　"对不起，我只要爱马仕人生。"网络红人这么说，林果对爱马仕兴趣不大，但还是把这句话抄进了人生语录里，激励人哪，既然中产阶级维护体面竞争幸福的斗争看的是地位、身份、金钱、物质，那么，就照游戏规则来吧。

　　初玩者要提高技艺，就得找机会跟光头男人红嘴女人这样的领导、前辈们开会吃饭听他们传授宝贵经验，跟前辈吃饭总能学到知识，上周学到的是人生需要良好心态，你身边的人事物都是你自身吸引来的，这周学到的是隐忍、坚持，每当你觉得忍不了，坚持不下去的时候，就下定决心再坚持半年，半年以后，也许就有新的转机。都是经验之谈，她得好好听着，她还很弱小，她像需要阳光一样需要吸收他们的能量。她不想要爱马仕，但她想要房、车，能让父母足够养老的物质财富，想要很多别的东西，怎么办呢？就像那著名偶像唱的——"我要一步一步往上爬。"

不但各个团队牢牢地把客户资源控制在手中，团队内部也有了利益划分，一层一级的人也都牢牢地把客户资源控制在手中，老方是个强权领导，林果很清楚，下属有下属的本分，不能做越权的事，拉违规的关系，所以只能尽力效忠，发挥才智。

"轮换着做。"老方说。他把老客户的新项目划给了新来的唐娜。于是林果作为协助者在外部排斥与内部竞争的环境下奔忙。

"哪些代表需要我联系，你跟我说一声哈。"开完通气会她对唐娜说。

唐娜想了想："前场你就别管了，后场你盯着吧。"他们把客户和执行称做"前场"、"后场"。

"我跟他们熟啊。"林果说。

"已经交给下面人办了。"唐娜说。

"企划书发我邮箱吧，咱们好好商量商量。"林果说。

唐娜没有说话。

林果看着这个有点儿熟又不太熟的同事，四目相接，突然没什么话讲，哦，慢慢地她回过味儿来了，作为人，大家都有自己的内心活动。她们是同事——差不多级别、有利害关系的人嘛。

"咳——"她用这个字儿安抚了自己。

　　　　　　　　　　　　　　她们说

不过两天以后又不一样。

客户的电话打到她这个"老"员工这儿来了，他们对企划书不满意。

"那我能做什么呢？"心情比较微妙。

"给他们提一下修改建议。"客户说。

修改建议是不能随便提的，但是从客户那里，她看到了自己人没有公开的企划书。林果在办公室的隔断里地看着那份计划，有一种窥秘的兴奋感，又好像一个好学生在审阅他人的试卷。她知道，经她修正过的企划书会令客户满意——自己与客户的双重肯定令她暗自得意。

但是，她也只能暗自得意。

"你为什么私下跟客户联系?!"经验告诉她，要是唐娜知道了，会很不高兴。要是老方知道了，将怒斥这是越权行径。

所以，权衡之后，她向客户提出了正确的工作流程建议。所以，这个项目的未来仍将不是她主导。

林果和马南坐在办公楼下的美食广场里，人多、嘈杂，油烟的气味有点让人恶心，他们选来的食物，那些千篇一律的东西，也呈现乏善可陈的面貌。她一直在想那个项目，她问马南，如果不用最保守的方法，是否还有其他适合的方法？如果示意客户要求老方换人，会有什么样的结果?或许，事情就复杂了——职场里的任何一件小事，都有可能搞到鸡飞狗跳一地鸡毛的。她其实备好了自己的回答，马南无外乎说着类似的话。所以，与其如此，还不如什么都不知道，她打心眼里埋怨起客户的严格苛刻来——找麻烦，现在的她被弄得像一个力求上进的小孩，知道自己成绩好，却还没有办法当班长！

更没胃口了，饭菜软烂、齁咸，在嘴里毫无质感，甚至可以想见它们被生产的整个过程——从泥土中，一直到饭桌上。不被用心种植的，不被用心烹调的东西，色、香、味，什么都没有！

这些笨蛋在做什么呀?! 职场上，自以为是的年轻人总这么想。可是话语权往往不在他们手上。

"我干不成我想干的。一件事如果不能按照你的意愿进行下去是很痛苦的事，尤其在你认为如果这样进行会非常好的时候，可是，你没有话语权。"她对马南说。

"好强的控制欲。"

"是的，就这么强。"

"顺其自然不好吗? 不要企图心太强。"马南说。

"不努力怎么办?"

"你这样会活得很累。"

"可这个社会就是这样。"

两个人无语。

"我有个愿望，现在开始有点变强烈，我想去一个人少的地方。"过了一会儿，马南说。

她看着他，没有说话。

他俩是恋人吗？结婚对象？情人？炮友？马南的话在她脑袋里过了一下，她要认真琢磨吗？她的脑袋不正忙着思考话语权问题么，他怎么又说这个？

鸡同鸭讲。

有一个瞬间她想到了老叶，那个奸诈的男人。"你不是个进取的姑娘。"他说了句让她一辈子都忘不掉的话。几年前老叶的话鞭挞着她，让她自尊心受挫，但是现在，她可以严正地反驳这句话了。

离开这种人之后，她成了与之有些相像的人。咳，在丑恶环境如鱼得水的男人，她彻底否定掉的，踢出记忆之门而后快的男人。

但是马南呢？他总想着逃离这个社会，他总想着他的世外桃源。

她被那个人的进取所吸引，却厌恶他的功利，她对这个人的脱俗很认可，却不满于他的淡泊。太难了，她自己也不是完美的。

"我是你喜欢的类型么？"她问马南。

"一部分是我喜欢的。"

"哪部分？"

"真实。

"不喜欢的呢？"

"有些着急，对待生活。"

"我呢？我是你喜欢的类型么？"马南问。

"一部分是我喜欢的。"

"比如?"

"你是个善良的人,这很重要。"

"不喜欢的呢?"

"不着急,对待生活。"

两驾马车仍然保持着彼此真实的本色。

　　一个人不能身处自己的价值观而否认另一个的。进取心野心并不是成为男人的必要条件,对马南这样一架自由的马车来说,欲望、功利心反而是压制他的东西,他们有着对人生不同的兴趣。但是,当她对马南的精神需求未得到满足,体内的强大能量便没能像预期的一样延续下去,没能被引爆。而更难受的是她知道一股能量深藏在某个地方,就像知道海水下面是火焰。

　　火焰未能冲出海面,因此,另一种东西也未能真正引爆,作为女性,她对自己的感知力感到失望,因为当两性关系成为日常行为时,她便对肉体失去了兴趣。当马南抱着她的时候,她开始觉得空虚,机械运动般的身体运动消耗着她的热情,甚至让她想起跑步机上的那些红点,那些红点让她变得眼神空洞精神麻木,空虚感逐渐蔓延,变得不可控,人生都似乎都没有意义。

　　乏味,她从被窝里探出头、胳膊,大大地吸一口气。马南累了,呼吸变得沉重起来。这时的她脑海里有一种感

170　　　　　　　　　　　　　　　　　　　　她们说

受：再帅气、优雅、伟岸的男人，在他跟你上床，流露出动物性的时候，都不可避免地令人觉得丑陋，他鼻翼张开的样子表现出他的精虫上脑不可遏制，或者男人的精虫上脑不可遏制，也让她在某个瞬间觉得男人恶心。当然她也曾经喜欢过这种游戏，奇怪的是，当她对此不那么有兴趣的时候，游戏里的另一方就变成了恶心。真荒诞啊。

当人身处一种性别，就只能用一种性别感知世界，这是件些许令人遗憾的事。所有对他者的体会都是无限接近真实的真实，所以，感受注定是不完整的。男人对肉体感受的不可割舍，那种由肉体引发的精神快乐，她很想体会一下，雄性人生的一切喜乐过程，她都想体会一下，真是个好奇心强的女人。可是，她不是男人。甚至，她是不是真正的女人也成了问题，她无法像许宝一样通过肉体直达快乐，或者是她需要的精神内容太多，压制了肉体。那种灵肉交融的终极感受，可望而不可即，似乎只在小说里出现过。她也并不想通过尝试一个又一个灵魂无法交流的男人来获取，就像如果没有红磷，火柴又有什么用呢。

海啸还是潮汐？

她该经由什么去体会呢？

什么样的女人是真正的女人？如果她不是男人，也不是女人，那么，她是什么呢？

刚刚洗了牙的林果，用舌头感觉到自己牙缝变得特别大，非常不平滑。光标闪烁着，电脑里那些字不是自己喜欢写的，那些PPT。

顺滑的带着精油香气的发丝披散在脸颊两侧，告诉自己欧洲名牌洗发水是真的优质，同样昭示自己的头发无法适应超市平价货了。皮肤也是，什么都是。自己的衣橱，里面有COACH、longchamp、MCM包，衣服也慢慢变成香港来的，体现出些许风格与品味——一个人的格调必然要与其社会身份相匹配。对了，还有旅行、度假，就像别人都在秀的那样，这世界还有那么多美好的地方没有领略。买呀买呀花呀花呀，欲壑难填。再也没法儿鄙视许宝的欲壑难填。

同时寻常感、无聊感也接踵而来。物质虚荣带来了快乐，但这快乐的毛病是它很不持久。这些美好的消耗品、以及房、车、信用卡里的亏空数字仍然像鞭子一样时刻抽打着她，还有太多东西求而未得，可能永远得不到，得到后也未见得能快乐——无底洞一样。焦虑继续存在着。

想要什么呢？又到了这个问题到来的时刻。

既然终极快乐并非完全来自情感与肉体，也不完全来自金钱和物质，所以，得寻找真正有趣的事情，永恒的，不会乏味的，为之辛劳无怨无悔的，以抵御人世间的无聊。或者，必须由这个东西和情感肉体金钱物质搅拌在一起，才能发酵成幻想中的庞大的幸福，小时候以为长大后唾手可得的幸福。那是什么呢？

她站起来，外面天气真不好。

一个三十来岁的女人站在办公大楼某一层的玻璃窗前，对于这个世界而言是那么微小，微小到令宇宙发笑，但是再微小她也不可遏制地寻找某些支撑生活的动力，孜孜以求。荒诞么？当她意识到这种荒诞时，便不那么快乐了，她已经成为一个脑力强大深邃的女人。

脑力太强大深邃的女人往往是不可爱的，她抽离出自己，站在他者比如男人立场上想。明白这点，但是她无法改变，甚至在内心深处带有优越感地认可自己。无法克服自己从而不愿克服自己，就像任何人都不能拔着自己的头发使脚离开地面。

因此更需要找到令自己持久快乐的源泉。她知道她的好朋友马南也在想，在独自清醒的时候，但他们得出的结论一定是不一样的。

于是她又去找自己的另一个好朋友——跑步机。面对这个好朋友，她更诚实，她絮絮叨叨气喘吁吁，把烦恼和愿望像一张大网似地撒出去，欣赏海市蜃楼般的奇观，然后收网，收获自己某个部位分泌出的多巴胺、内啡肽之类的东西，达到一种灵魂出窍的至乐境界。

好累啊，但比做爱所获得的快感还要多一些。

二十二

"新井要调去上海，居然是为了 Bella！他们地下情好久了？我怎么没发现？"回到家，许宝急于将这个人事消息和大八卦向 Max 求证。

"很正常，这是他们的私事。"

"为什么 Wendy 知道而我不知道？"许宝更在意的是这个。

"很八卦不是么？我以为你没兴趣。"

但他为何有兴趣跟别人探讨，她紧追不放。

"谁？哦 Wendy。"显然没有准备，Max 也在为自己寻找解释，"她是我下属，闲聊的时候提到，而且，也涉及一些工作。"

"弄得她像知情人似的。"许宝对这些解释很不满，似乎也没有能够令她满意的解释。

"怎么了，你不喜欢 Wendy？"

"我只喜欢你。"

Max 笑着过来安抚她，甚至有些得意。

"你是有女朋友的人，怎么能对待别人跟女朋友差不多甚至更亲近呢？哪怕是精神上。"她必须要指出他的不当。

"哪有亲近？"他故作认真地看着她，"我和 Wendy 相识比你早，你觉得会有什么吗？"显然，虽然他态度温和，却从不轻易承认错误。

关于男女，她可是天生地了解，这个世界什么事都能发生。想起他们万圣节派对上的亲密合影，她也得问他。

"拜托，那是拍照好吗？你也知道尺度。"他无辜地叫起来，"希望咱们以后不要再涉及这个无聊话题。"

"怪不得，说什么职业女性更有魅力。"眼看谈话似乎变成自己的无理取闹，许宝冷冷地嘟囔，失望浸透到她心里。

Max 搂住她："为什么为了 Wendy 吵架呢？她是我朋友，你是我女朋友。"

事情一般有两种答案，她当然希望是第一种，但潜意识又把它推向了第二种。

"亲爱的，一会儿而见。"许宝走出办公室时，跟 Max 打招呼。晚上的电影据说很好看，他们得经常共享。

林果来了，爆米花买好，但 Max 迟迟未到。

"Honey，你在哪里？"她给他打电话。

"办公室，突然需要加班，看来去不了了。"他安慰她两句，挂断了电话。

放映厅里通知入场，她跟林果开始检票。

"周末愉快。"她想起临走时 Wendy 的招呼和笑容。

"这不有鬼么？不然为什么？"许宝似问非问。

"什么为什么？"林果问。

"加班。"许宝说。

影厅里灯灭了。震撼音效扑面而来。

"我得回公司一趟。"再好的电影现在也留不住她了。

干吗去啊？林果伸手安抚她。

"你说呢？"

不至于吧？林果继续试图安抚。

"我就是想看看他是不是在加班。"确切地说，如果有她不喜欢的事发生，她需要把这件事"坐实"。

如果他没有加班，或者看见了不想看的，怎么办？林果问她。

"他的经济大权在我手上，如果他做什么，我会把所有的钱都拿走，一分不留。为了他我抵御住了诱惑，没有找更有钱的人。"她忿忿而决绝地在黑暗中说。

前排观众终于忍不住了："别说话了行么！"

仿佛什么也没听见，许宝"腾"地站起来，穿过同排的一众观众，迅速离开了影厅。此刻的她被怀疑附体，如同中毒，而解药就在几公里外的大楼里。

出租车一如既往地难打，漂亮的斗篷遮不住腰，站在风里吹了一会，觉得胃有点抽搐。晚间的商圈附近，在川流的人群中，一个捂着胃的漂亮姑娘总是打不上车。

一次一次地被抢之后，看见一辆车她终于近乎疯狂地快步冲上去。"对不起我着急，我男友病了我要立刻见到他！"她大声地对拽车门的一对情侣说，不由分说地坐了进去。

　　办公大楼里很安静，只有保安在远处神情漠然地审视着她，许宝的高跟鞋快速而轻盈地落在大理石地上，虽然还保有轻柔的体态和从容的神情，但呼吸心跳和难掩的胃痛仍旧出卖了她。电梯"叮"地打开，她快速走进去。是不是有点儿神经质了？许宝问自己。

　　电梯迅速攀升的失重感让她更难受了，晕车的感觉。刷卡推门，办公大厅空空的，隐约看见走廊尽头办公室的灯昏暗地亮着。

　　顾不得胃里沉闷的绞痛，她踮起脚尖往里走，越走近越有些迟疑，最后的几步甚至有些艰难，但是还得走下去，情感的惯性推动着她，支撑着，她扶到门边。

　　Max 在里面抬起头，没有 Wendy。

　　悬着的心掉下来了，有那么一丝安慰，居然还有一丝失望。

　　"你怎么来了？"

　　"想来陪陪你。"娇柔的声音，还带有小小怨气。

　　"我现在真的没空陪你。"Max 倒吸一口气，双手交叉放在脑后，眼睛没有离开电脑屏幕。

　　"不能明天加班么？"声音有些虚弱。

　　Max 仍然没有看她："宝贝，我在加班，明白吗？"

　　"我胃疼。"

她看见 Max 反应了一下，站起来，走向她，伸手欲摸她的头，一股逆流从胃里涌起，委屈沮丧懊恼各种复杂情绪迅猛地袭来，她挥手挣脱，飞快地向卫生间奔去。

从未如此虔诚热切地跪倒，许宝刚刚扑向坐便器，"哇"，吐了。胃部激烈地痉挛着，似乎要排空里面所有东西，酸涩的味道充斥在嘴里，就如同这个晚上心里的滋味。Max 跟过来，许宝快速拨动抽水马桶，摆手示意他不要靠近。

"怎么了宝贝？吃错东西了？"Max 走过来帮她把头发撩在半空。

她已无力回答。

一阵洗漱清理之后，感觉好多了，但镜子里的自己面色惨白，Max 用胳膊夹着她说："走，回家。"

许宝欣慰地瘫在他怀里，被裹挟着走回办公室，看着他一边支撑着自己一边迅速地收拾书包——吐一场也值了。

家里的大床如同天堂一样，许宝躺在床上，享受着温情的关爱。

"小可怜。"Max 把水和药端过来。

"最近有些累，今天受凉了。"

Max 摸摸她的额头。

"还有，心情不好给难过的。"她像个小学生似地跟家长撒娇。

"为什么？傻瓜。"

"你老在工作都不陪我，而且，欣赏别的员工胜于欣赏我，这都困扰我。"

"你真有意思。为何要庸人自扰？"

"都是自己给气的。怎么办怎么办？我就是不想你喜欢上别人。"她紧紧拽着他的手，仿佛一松手他会消失，"告诉我，你是爱我的，就爱我一个。"就像当年问王翰一样，唯一。

她柔弱无力地躺在他膀弯里，这一晚的表现，活像是场苦肉计，参杂了一些表演，又融汇着许多真情。这时候她想，她在电影院里的冷酷，她说要把他所有的钱拿走，也只是因愤怒而闪动的一个念头。

Max 坐在床边："当然，我爱你宝贝，别折磨自己了。"但他没有说唯一。

二十三

林果能看出马南跟这个城市的格格不入，或者说他是一个没有世俗观念的人，但是她不能让他没有世俗观念，没有世俗观念可怎么活啊？

"我想辞职。"他在整理他那些照片摆弄相机。

"生计怎么办？"

"积蓄。"

"我们怎么办？"她问了个很复杂的问题。

他们俩都不太好回答。

一个愿望其实已经萦绕在她脑海很久了——她想买房。中介的电话又来了，房价又涨了，她和马南共同的房租又涨了，一轮一轮上涨的房价和租金告诉她，等待是一件特别可怕的事。这让她忧愁烦闷不已。而马南似乎从未考虑过，他一直冷静地看着房价，像个旁观者，从来没有冲进去的意思。他老阻止她，告诉她万物都有周期，经济有周期，房价也一样，这个泡沫很大，太大了，空虚无比，有一天会破的，你不要着急进去。但事实是，这个泡沫它没有破，一直不破，鬼才知道它会不会破！

他好像不愿意操心这方面的问题，她看看他，又想想自己银行卡，怎么办？如果不继续啃老，这件事的实现也是万无可能的。没有钱！那么多的钱！山一般的重负压在身上，只要思绪触碰到，身子就没法儿轻盈了，快活不起来！动了念而又无法实现是多么痛苦啊，叫人心绪不宁，怎么办？并无他法，只能努力调整自己——不如安安静静地坐一会儿，关闭眼耳鼻舌身意，暂时不去想它，一味拖延吧！

"其实我很困惑。这儿很压抑，我没有向自己想要的生活前进。"马南撑着头，在书桌的那头看着这一头的林果，"我想换条轨道生活，可是你好像没有陪伴我的意思。"

"是你没有陪伴我的意思。"林果也撑着头。是的，他们不止一次地探讨过这个问题，她真实回答了。为什么不坚持自己呢，为什么要拗着自己的本意表达一种追随的意愿呢？实在想不出理由。

他的皮肤褪去了原先的黝黑，就像那是他心灵的保护色，可能，他又想恢复那种色泽了。她跟他一起去过拉萨，体验过一些什么，可一个人无论怎样逃离现实，终归要回到某种生活，难道他真的到了他以为的那个地方，他就不再想逃了？

就像她曾经问过的那个问题，"有没有人不想轮回，不想做人了？"没有人能够好好回答，而答案似乎是不可以。如果答案是不可以，那么，逃又有什么用呢？

"你为什么不想跟我一起在这里努力呢？"她问他，"一个男人，不管在哪里生活，都需要承担生活的责任，你逃不了的。"

这话好像惊堂木一样敲打了他，他竟无力反驳了。

"同样的话你能说得含蓄些吗？也许我会好受些。"她想起前两天讨论时他说的话，是的，她太坦率了。

"说法换一种，想法难道不一样吗？你喜欢这样的心眼么？"她回答他。

其实她已经很含蓄了，一个对升职、加薪、功成、名就、结婚、生子、养老、送终都没有概念的男人，或者心中明瞭却不勇于直面的男人，还真让她费解啊。但这话能说吗？很多话是说不出口的。

"太累了，太物质。"马南说。

"物质是一种肯定，我们不能免俗，它来自于自身的努力，人需要这份肯定。我们摆脱不了，是因为我们身处一个物质的时代、虚荣的时代。"她力图说服他。

他们对视了两秒，看到他变白的皮肤和她最初想抚摸的胡渣，她想，他是个不俗的人，脱离低级趣味的人，只是他的那些趣味没有用到现实生活，没有创造价值。

于是她翻看他拍的照片，为他寻找价值。那些照片就像他的眼睛，捕捉了他感兴趣的一切，那些山、雪、喇嘛庙和面孔，羽化光和交叉照明，集聚起来就是他的精神世界，他的精神世界不是恶俗的空虚的，这是她的判断，是她为什么能看上他，他是有那么些才华的，这也是她的判断，也是她为什么能看上他，虽然她不知道是一条什么样的线区分了才华的有无甚至多少，但她觉得可以被考量一下，就像是一条什么样的线能区分才干，也可以被考量一下。有才华为什么不用？或者，不投掷出去，谁来验证才华？

"你可以往那个方向发展，成为旅行达人，知名驴友啊。"她不禁为他设计起来，甚至想到了让他把游记见闻整理清楚，投到杂志社出版社去。

但是马南不领情，起码他暂时，不想磨灭了自己的热爱。

什么鬼道理？这个社会允许一个人这样生活吗？林果愤怒了，她拿他当朋友的时候，是可以宽容地理解的，而当她尝试把他当作自己的男人时，一切又都不可理喻了——总得有点儿追求吧！他让她对未来非常焦虑。

她不说话了，她离开了椅子，任由它滑动到墙边，她怂怂地打开衣橱，拿自己上跑步机的行头，她要去那儿寻找多巴胺、内啡肽了。

不知道如何解决，就不解决。

在这种低温状态下，出门的时候，马南说他要离开一阵子去云南。

刚上跑步机的时候，她能感觉到健身房里的凉气，脑勺后面空空的，马南温和的手已经很久没有按过抚摸过它了，那是她最喜欢的安抚，像孩子得到家长的放任与鼓励，好有勇气任性顽皮下去，但是，他好像并不能强大到可以安抚她，他的手，撑不住她的头颅了，脑勺后面空空的。继续跑，油和汗从鼻头、发际线往外渗，脸烫得要燃烧起来，离另一个状态也近了。临近那个虚脱和亢奋转换的边缘，她觉得自己不需要他了，甚至没有需要的理由，哪一方面都不需要，物质、精神、肉体，哪儿都体会不到欢愉的气息，哪怕是随便享乐一下也好。而且，除了他，谁也不需要。又回到了以前的困惑。

走下跑步机，关于是不是真女人这个困惑，林果对许宝进行了讨教。

为什么呢，嗯？

"也许，你可以试试别的男人。"个体跟个体不一样，这点许宝最知道了。

许宝的提议合理高效但可操作性因人而异。

How？How？怎么就能轻而易举？

林果不甚理解，她想要答案，而不是过程，而且，许宝不知不觉偷换概念，一味地想到那个地方去了。就算是那样，也很难想象一个人该如何轻而易举走入那种过程。不奇怪吗？不尴尬么？没有顾虑吗？各种顾虑。

不是吃饭一样的本能么嘿！许宝也很不理解。

"据我了解在公司里走入那个过程极容易，甚至素不相识的人都能，电脑手机都如此发达了，做吃饭一样的事有那么难么？"这也是她对 Max 隐隐不安的原因。

林果的心思并不在吃饭这种事上，太本能了，没意思，她回忆马南在她身边的日与夜，她的直率与昂扬，他平和与脱俗，他们之间不仅仅是那点事儿，他们的情感关系也超越了博弈的范畴，可是，超越本能，不带博弈的关系，为什么像味道清淡的酒，饮之无味，又不忍舍弃？

"喝一杯怎么样？"

酒都不好喝，虽然很多人爱它乐此不疲，可是这次出差，她想喝点儿了。

"你们两个，还好吧？"老方感觉出来了，说她最近状态不好。

上来两杯酒，一棕一白，加冰的威士忌和伏特加。

两种不一样的饮料。林果端详这两杯酒。她想起老方以前说的，"驴"和人是不一样的。是的。而事实又告诉她，改变一个人的本性，是不可能的。

服务员又端上一杯红的，透亮，叫金巴利。

她没喝过。

"试试这个。"老方把金巴利放在她面前。

一口，一股浓郁的类似红花油的味道从口腔滑向食道。

"你得试试。"老方笑了。

过了一会儿，他又说了一句，在酒吧的喧嚣里恰到好处地能让她听见："也许，你可以试试别的男人。"

这句话在许宝那儿听过，熟悉，林果在语气中辨别到了异样，轻描淡写，但温柔。现在、之前，各种片断在脑海里转了一圈，是的，她觉得老方跟以往的老方有点儿不大一样，或者最近的老方有点儿不大一样，不是老大哥了，是一种别的东西。

林果没有转头看老方，在这个时刻，她觉得不合适，她用余光看着他，未置可否地笑。玻璃杯里是透亮的红色，她又想起了许宝的语调："你得试试。"

杯子缓缓靠近嘴，又来了一口。还是红花油啊。

"想进来聊聊么?"回房间的路上老方说，语带慵懒。他的聊天提议跟以前若干提议都不一样了，有了性别气息。

沉默了一下，林果同样语带慵懒地回答他："累了，没力气。"

"你可真够累的，呵。"老方从口腔里挤出一个音，揶揄她，就像平常揶揄她似的，倚在门口站定，刷卡，停了一会儿，"拜拜。"

于是摆了摆手，各自回房。

没什么破绽，平静湖水下面是潜流。

她不知道老方心里什么样，是自己多心了？

没什么，就当什么也没发生过，本来嘛，就像别人想跟你握个手，不握就不握。想太多的女人也够讨人厌的。她告诫自己。

回到屋里林果体会到了酒的厉害，好热，烧得人睡不着觉。

掀开被子，她躺在床上，想马南，想他可能跟老方不一样。可是独自骑行的马南一直没有发消息，哪怕说一句"林果，我在瑞丽。"或是大理、腾冲，她能想到的那些云南地名，随便哪儿。

同样，想太多的女人真够烦的。又失眠了。

他好像对她挺失望。她也失望。

那个喝金巴利的晚上过后，她跟老方的关系里硌了点东西。那么熟悉，相识好几年了，可是，就在哪个晚上之后，他对她有了点避忌，她对他也有了点，生分了。林果觉得需要一些时间，这个小缝隙会慢慢弥合，但是，随着时间的推移，它却变大了。

她兴奋地加了一个月班，势在必得的一个项目，最终没有拿到，新一轮甲乙方谈判过后，老方说甲方没有选择她。

原本，这是一个可以拥有话语权的机会，可是这个机会现在又属于同组的唐娜。

"方总太牛了，而且他的女弟子还都那么漂亮有才干。"比稿结果出来以后，其他团队里的同事说。甚至公司里又有了传言，那就是他跟女弟子关系都不一般。

这样的话早就在飘了，林果以往从未在意，这次却不一样。

他是初入行就带着她的师傅，也是其他人的师傅。联系那天晚上老方的言行，她对师傅的认识又多了一面。林果在脑海中把老方的弟子们扫描了一遍，发现那些捕风捉影的事有不少蛛丝马迹。

她在会议结束的时候走到他的座位前面，说她花了很多心血，觉得自己的方案非常好，真的，难道他不觉得吗？

老方摸了摸光头说："别急嘛，以后有的是机会。"

她的眼睛注视着他，不是他教导她要急吗？要趁自己还不老积极争取吗？怎么又要她别急了？她理解不起来。那些人没有判断力吗？到底是谁把机会给了唐娜？她不知道虚实真假。他的圆眼睛也像镜子一样照着她。

她赶紧转身走了，她在老方的瞳孔里看到，要是再不走，她的不满就要从脸上掉落下来了。他在搪塞她。奋斗了几年，在目前的处境下，已经没有其他事让她那么感兴趣了，但除了感兴趣，她还能做什么呢，心仪的项目在哪儿呢？并不在她手里。这种感觉非常不爽快，一点也不OK，就像心里有魔，这魔在她心里乱跑，还挑拨——老方在声誉上影响了她，还在工作机会上压制了她，再加上些道德上的鄙夷之情，她和他之间的小缝隙就这么被撑大了。

在灰暗的心情下，她便不是个积极的员工了。开会的时候走神了，尽管神情显示她在认真听。这是一种故意的、报复般的懈怠，她的目光停留在老方、唐娜、任意一个同事身上，内核却是空的。眼里，发言的人在介绍设想、预算、计划，心里，想些什么由她自己做主——一个商务伙伴的信息刚发过来，他们共同运作的私活做成了——由于成功为某客户与他们看中的小明星签了线，小明星的经济人把酬金打进她银行卡了，实际上，在转账的那一刻，她的银行手机报早已提醒她了。头一回做，询价、谈合同、成交、返点，居然一气呵成，外快就这么来了。之所以叫私活，就是得在私下里进行，搬不上台面的活，同样是居间活动，但利用公司资源而又跨过了公司，就有点名不正言不顺，变成"提篮子"或"拉皮条"了。想了想，不大好听，但也没什么难听的，没办法，如今这世道，各行各业，只靠工资是没法活了，迫于生计呀。她找到了正当理由。在一个这么繁华的地方，在一个这么难立足的地方，一个年轻人，她需要前程，她需要钱。

会还在开，她还在走神，愉悦了一会儿之后思绪落在了遥远的西南，离了职的马南远在的地方，他可真是不管不顾啊。他在哪儿？沿途又遇见什么驴友，看到什么样的风景？没有消息。的确，去过拉萨以后，他们就似乎不怎么分享，或者，她没有乐于接受过他的分享，他们世界观不同，他们并不是知己……老方还在发言，个别同事偶尔打断他的发言，就像以前她打断他跟他讨论问题一样。可是现在，她没兴趣。和许多意兴阑珊的人一样，懈怠是无可奈何的不由自主，懈怠也是最好的应对方法。还好，热乎乎的外快打散了情场上职场上的不悦，身子都轻快了些，钱真是个好东西。

显然，人们的情绪就像同一池子里的水，一个同心圆与另一个同心圆的波纹相互碰撞相互感应，她的态度必然会投射到别人心里。

新一季招商即将展开。各大公司都要为客户制造一个声势浩大的营销会议。招商宣传谁做呢？老方用圆眼睛扫了一圈，想要得到自告奋勇的回答。

然而这是为公司干的活，每个人在心里掂量了一下，对个人权力与收入提升作用不大。

"林果吧，她手上没项目。"唐娜看了老方一眼，把球扔给林果。

"唐娜吧，上一个项目是她的她更了解。"她不看老方，把球扔回去。

大家都把这球扔来扔去的。

"林果吧。"老方终于发了话，语气比往常还透着坚定。

转了一圈还是结结实实地交到了她手里，她好像也预料到了，但找不到交回去的方法。凭什么?! 刚刚轻快些的身子又沉重起来，鼻腔里热乎乎的。她用余光看老方，老方也在她的余光里严肃认真地看着她。她知道最近他是看她不大顺眼了，她又何尝不是呢。

接完任务林果坐在办公室隔档里，一直坐到晚上，看上去是加班，实际在消磨时间。最后一个同事离开以后，办公室空荡荡的。自从有了想而又不能实现的买房念头之后，她有了个新爱好——收听网络电台，接受鸡汤抚慰。资深媒体人在讲庄子，听起来有点像那么回事，平和沉稳的男声从耳机里传出："当下中国人，普遍感到非常焦虑——环境污染、通货膨胀、职场的痛苦、创业的压力、买房的纠结、对爱情的不确定……"自从偶然被开篇的话吸引，她便追了几集，"如何保持生命的自在?"平缓的声音告诉大家："庄子借孔子之口提供了一个方法——'斋坐'——打坐、坐忘，把意识放进身体的腔子里去，成为一个自在的人吧!"

庄子是这意思？并不是很确切地知道。到底怎么操作？她也不太清楚。一知半解中还是脱下鞋，盘腿在座位上坐了会儿。她得试试，就像她看《心经》、《金刚经》和《了凡四训》之后一样。有趣啊，凡夫俗子是如何对宗教、圣贤思想抱有热切的期许，就如同无助的人在荒芜的世界里寻找食物充饥。

不管是斋坐起了作用还是大脑得到休息，回家的路上确实轻松了些，也找到了说服自己的方法：接受吧接受吧接受吧，把那些不快与不平按压下去，哪怕在行业活动中，能多认识些商务伙伴哪！

事情也不仅仅如她所想。

原以为心态放平了以后，小小的招商宣传便也难不倒她。可是大会结束半小时后，老方的电话打了过来。

"你是怎么得到那数据的？又是是谁让你公布那数据?!"他在电话里大声斥责她。

猝不及防的恶劣气氛中，她明白了是因为一句话。

"上一个项目，A客户的季度销售量，打个比方，售出饮料可以装满五十四个水立方泳池。"这是她用生动图表和昂扬语言在营销会议上宣讲的一句话，公关公司为自己脸上贴金的话。

这也是被老方斥责的一句话。

"A客户炸了！投诉你泄露他们商业机密。"老方继续责问她，"你给我一个合理解释！"

"他们一副主管给的呀。"就像陡然落水，还好慌乱中抓住了绳索。

"你胡说八道！"

"你才胡说八道！"抓住绳索之后，怒气反弹起来，她急急往老方办公室跑。

冲进办公室后，看见他瞪着她，她也瞪着他。

"我有语音，我有微信语音你可以看！"没工夫整理措辞，她急切地，一条一条地给他找语音，找到了，又听了一遍，她跟那个副主管几天前的对话——她说出了询问理由，对方提供了销售数据，并没有要求保密！

占据上风之后，受迫害妄想症却发作起来——她紧紧抓住手机，以防老方突然抢走销毁证据。老方没有抢手机，但他很快在争执中又转换了逻辑："一个客户经理，到现在都不知道哪些信息用于私下交流哪些可以搬上台面，干什么吃的，这些年你是白干了你！"

老方的理由听起来无可辩驳，这个理由告诉林果是你错，还是你的错，都是你的错，道理都在他那里。

想都不用想就冲出来一句愤怒话语："靠，我就是白干了我！"

老方经常骂人，她也经常跟他抬杠，但这一回两个心存芥蒂的人是真动了气。受了气的林果大步流星地从老方办公室冲出来，不知道去哪儿，没头苍蝇似的在会议室愤怒地转了几圈之后，回到办公区自己局促的隔档里，隔档那么小，小得让人喘不过气，愤怒像一窝马蜂似地都拿屁股来扎她，扎得她眼歪嘴斜的，满脸愠色是藏不住了，有同事感觉出来甚至来问了，管他呢！她忍了很久了，她向他们控诉他，祥林嫂一样地，而且，她想好了，他要是继续拿这件事小题大做，她就到 HR（人力资源部）投诉他！

气急败坏地控诉一通之后，她在玻璃的反光中看见了自己，面目真难看，不得不承认，一个办公室白领，在这短暂的几十分钟里真是风度尽失呀！

心里的气焰稍稍降下来了，林果在座位上反复琢磨这件事，跟许宝要好的同事分析这件事，梳理出的头绪有简单有复杂——沟通不畅、人多嘴杂、一人一想法……并没有一个人完全正确，最根源最重要的是，她跟老方相互不爽啦。无理辩三分，先声夺人，她也已经学会就差有机会再用啦，何况这一次，她还是有理的那个！她回忆了回忆她和老方的过去，又想了想愚蠢的可恶的现在，还有未来——要是真闹到 HR，她投诉他什么哪？

又坐到下班，客户那边没有新动静，老方也没来找茬，他像没事一样，依旧在微信群里说话。一周以后，还是没动静。吵了一架之后，大家心照不宣地——他们的裂痕当然没有缩小，却也没有无边无垠地放大。是要扩大它，还是缩小它？心里没有预判也没有章法。她要赶紧下班，她要释放身心，继续寻找在这个社会生存的方法。跑步还是坐忘？释迦摩尼还是老庄？不管是哪样，随便选一样，把自己调整到一个心态平和而又不丧失进取心的模样吧。

几周之后她坐在一个热闹的咖啡馆里衔着杯子，嘴里的一口咖啡久久没有下咽——不远处的一张桌子围着一群学生模样的年轻人，叽叽喳喳地，其中一个女孩穿着牛仔外套背对她站着，骨格纤细，长发松散地编成辫子，颇为动人。她直直注视着，等她转过来。女孩转过来了，脸小小的，不算很美却纯净，男孩喜欢的类型——答案揭晓，她咽下那口咖啡。这是一个三十多岁女人对二十岁女孩的鉴赏。她当年也是这样的吧。青春，还以为广告老也放不完，可是现在呢，广告好像刚放完，正片已过去好多了。

更老的女人来了，总经理走过来，坐在她对面，四十多岁，脸很光洁没有皱纹，但光洁得让人起疑，像抛过光的大理石。她卸掉了一部分盔甲，脸上只涂了粉底，没有涂红嘴唇，她的气场也相应地减弱很多。

工作餐的时候她说，想跟林果谈谈，关于筹建新团队的事。林果神色平静，但大脑后台解码出了利好。她认真点点头。

"我们需要新团队，明年可能开一个。当然就需要新的团队领导。"总经理在咖啡馆里说。

她让她谈谈对公司业务的看法。

任何一个人谈话都有他的目的，尤其是不常与你谈话的人。但是林果已没办法拒绝。总经理问了很多内容，他们团队的人员构成、家庭背景、业余文化生活、对工作环境的满意度、业务量、通常的客户预算、报价、利润率，甚至媒体、供应商的返点数目。

总经理的问题像细密的碎拳一下下敲击过来，有的轻，有的重，有的重，有的轻，或者在不经意的轻缓中夹杂着沉重，漫无边际的庞杂里包裹着她想要的。她的不少问题触探着老方团队的底细。林果神色平静，一边说一遍斟酌权衡，面对这么庞杂的对话，遵循的道理么，当然是有所说有所不说，但慢慢发现这并不容易，比只听不说难多了，她可能已经泄露了什么，或者正在泄露什么。后台的编码还没完成，嘴却已经张开，编码有点儿赶不上，表情拉扯得不太自然了吧，控制不好了，心里一遍遍地写着"囧"字。居然有这么多问题，跟人精对话不容易啊，像跟 FBI 在说话，想成为人精更不容易，汗都要出来了。

说话之余她们目光相对，总经理在审视鉴赏她吧她想，其实她也在审视她——作为公司的管理者，高层也是想了解准高层的，哪儿的领导都一样。作为人，她怕另一个人的权势逐步威胁到自己，哪儿的人也都一样。

这人是个笑面虎，她对她有了些认识，她跟老方关系不好，她在心里厘清了厉害关系，可是，总不能把自己的嘴缝上吧。

"好的，继续努力吧。"总经理给她派糖，"不过以后，你得像方总一样，拿到令人满意的项目，可以吗？"

她用特别诚恳的点头来回应。

"董事长说，你是个懂事的孩子。"她继续夸赞了她。

二十四

"亲爱的，副总经理开始遴选了？"许宝踮脚走近书房，用一个性感姿势撑在门边。

"对，最近会有个商议。"Max 回答。

"都有谁在竞争？"这是个明知故问却不得不问的问题。

"目前是 Wendy 和创意部的大李，要不就得招外人。宝贝，再过三四年你也有机会，这并不是特别难的事。"

"现在谁的机会比较大？"

Max 皱了皱眉头："如果让我老实说，Wendy。"

"就是说谁都不如她喽？"

"这个，让我怎么说呢？Wendy 很敬业，她的努力大家都看得见。"Max 随意地翻了翻手里的画册，严肃而平静，"而且她任职时间长，效力九年，资历够。"

"为什么一定是她？"这件事已经在她心里萦绕了很久，现在需要一个出口。

Max 挺直身子想了一会儿，郑重地面对她："说了那么多遍，你难道还不能确认我跟 Wendy 没事？这个职位她适合，就算匿名投票，我也还是会投给她的。此外，那个奢侈品公司，我已经跟 Jeffrey 联系了，他们有一个市场的职位需要人，待遇也是你想要的，我为你争取了。"

"为什么想把我支开？"她的语速变快了，瞬间作出反应。

"无理取闹啊你，"Max 下意识地抬起声量，继而又放低声音，"我就是担心你看见别人升职不平衡，担心你一直把 Wendy 当作敌人。宝贝，总这么闹你会变得不可爱。"

"我就是不想见你一再地对别的女人好！"

"别闹了，不要令正常的事变得不正常，你再这样就逼得我心里有鬼了。如果说我会因为你的猜忌让我的下属得不到晋升，这不可能，办不到！"他迅速站起来，把画册扔在书桌上。

"我知道我不应阻止你提拔她，提拔任何人，但我心里就是有一种不痛快，没法解决的不痛快，换成任何一个女人都会有的不痛快你懂不懂？"

"我能懂也不能懂。"他推了推奁拉下来的镜框，走出书房。

男人可能会觉得不可理喻。

他还是不够爱我。女人总会最终归结为这一点。

这几天独处的时候许宝总是默默地站着坐着躺着不说话，她觉得吵架之前他们的感情状态就不是很好，而 Max 去公司上班前丢下的一句"我们都冷静冷静，好好想想"

令她倍感无情。

见完客户，一天的说话额度像是用完了，只有大脑还活着。许宝失落地思考着自己和 Max 的问题，下班时光变成了游荡时光。路边咖啡屋里的小情侣仿佛是两三年前的 Max 和自己，他们对坐着，老男孩顽皮地从桌下捉住她的脚，她又惊又痒，还得顾及服务生的观感："别闹，一点儿正形没有！"而现在，他们总在为另一个女人争执不休。

坐在路边的长椅上，胸口憋闷得想要爆炸。是的，生理期快来了，荷尔蒙不大正常，意识中甚至有另一个自己跳脱出来愤怒地叫喊狂奔，但是，这只是想象，理性的闸门还上着锁，她还是个外表平静不露破绽的淑女——这就更难受了。她又想起了王翰，想象他穿白大褂对病人微笑的样子，还有浅浅的眼袋和大白牙，而那个病人就是她自己。

她拨通了王翰的电话。

"喂？"熟悉的声音传来，令狂躁有些平复。

她抒了口气。

她问问他的生活，他也问她的，答案是一切正常。真实的感受是不可说的，那还有什么呢？今天的天气今天的云，今天吃了什么今天的小情绪，变换了时间与身份之后，曾经她觉得无聊的对话，变得珍贵了。

寒暄过后王翰说："有一阵子没联系了，我正想什么时候给你打电话，跟你说件事。"

许宝心中迅速闪过一丝预感,一个她说期盼却从未认真想象过的现实在脑海里出现,想阻止却来不及了。

"有个姑娘,她对我很好,人也不错,我想给自己一个机会。"王翰说。这句话如同一把冰凉的小勺在她心里挖了一块。

"是吗?真好。"客气话出口之后,眼泪流了下来。

爱,还是不爱,欣慰,还是酸楚,她搞不清楚了,这两天的感受,如同在她抛弃这个世界之后,世界也抛弃了她。

沉默很久之后王翰在电话里说:"别哭,我会难过。"

回到家里,冷战还在继续,Max 自顾打着电话跟各种人谈论项目和新的人事计划,甚至不看她。看着他冷漠的背影,她倒在床上,恨不得立刻离开,离开这个他、她和 Wendy 三个人组成的怪圈。何处可去呢,唯一的去处就是王翰那里,而那里也将不属于她。她突然想去看看他,哪怕看着他如何面对幸福。这时候,她既希望他幸福,又希望他没有跟她在一起那么幸福。或者,在自私和邪恶的小角落里,她还想用自己去验证和留住些东西。

又得求助林果了。

"我说了周末去杭州散散心,你和我一起。"她嘱咐林果。

"Honey,你可以不去杭州么?公司最近这么需要人。

你那个组的活儿，我希望你带着他们赶紧先做。"看着她收拾行李，Max终于开口问她。

"不，这是我的假，我自由支配。"她走进浴室整理东西。

Max在门口站了一会儿，最终挥手转身。

坐上出租车，想着Max在浴室门口的眼神与动作，刚才的态度让许宝有些后悔，但她没有办法。

北京的傍晚雾蒙蒙的，疲惫的人拖着行李。走进飞机场的许宝精神极度萎靡，无精打采地换登机牌，无精打采地安检，无精打采地一遍遍翻看手机，没有新内容，没有新的动人情话。

这趟飞机她坐过很多次，各有心情不同，戴上眼罩，满眼都是老男孩临别时的眉目和话语，她努力地调整呼吸希望暂时把他赶出自己的脑海，真正平静下来的时候她也很清楚，她要投奔的那个人——王翰，也将不再是从前的那一个。

"女士们先生们，飞机很快就要到达哈尔滨太平机场……"

飞机在下降，她在等待它下降。这些年和王翰的相互牵挂和来来往往，像上辈子的事，又像电影，她似乎还能回忆起更年轻时，没钱坐飞机，王翰从火车站赶来，与她紧紧拥抱时身上尚存车厢里的复杂味道。而现在，他还不知道她来。

许宝没有回家，去了那个熟悉的宾馆，她和王翰住过的地方。洗完澡，一个人躺在床上，孤单而无助，暂且逃离了令人烦躁的北京，这儿也没法让她安眠。

她的手指在手机屏幕上摩挲，犹豫，她是个非常怕寂寞的人，怕黑，怕一个人，迷恋肌肤之亲。以前她每次来，她和王翰，他们总在一起，亲密，胜过一切其他的表达。后来，除了做爱，除了回忆过去，并没有太多共同话语。她蜷缩在床上，没有关灯，闭着眼仍能感受到柔和的光，能记起这场"苦恋"中的点点滴滴，她抚摸他的头发他的皮肤，他也抚摸她的，不说话，视觉、触觉的阀门打开着。年轻在一起时有好多话呀，但是后来，没有了。继续想，跟男人们相处的一幕一幕在脑海中流淌，王翰的真挚、袁威的疯狂，还有一些过客，有过肉体接触的人，甚至自己都不知道当时为什么会跟他们在一起。闭着眼睛深深地埋到枕头里，累了，精力旺盛的人也会累的，一个不可能有效管控欲望的人也会品尝到人生荒诞滋味的，虽然这种累是暂时的，但还是累了。她最终没给王翰打电话。

"为什么不告诉我，好去接你。"他的手插在白大褂口袋里。阳光充足，照得人都发光。

"你有属于自己的生活。"她说。

"祝福我，好吗？"

"我就是想来看看你，然后，跟你告别。"

这是她想象中与王翰在红十字中心医院的相见，这是他工作的地方。来之前她想象着他们见面时的表情和言语，和往常一样，口是心非、强装淡定，实则感慨、酸楚，也许还会流泪，或者，她还能重回他的爱情世界。

　　太阳的影子在走廊地面上慢慢移动，此刻她在三楼的诊室外面，静静地坐着。医院是时光流逝和生命逝去的最佳演绎之地，来来往往、奇形怪状的病人超乎她原来的想象，甚至有些触目惊心。一切画面声音都与那个时尚浮华的世界离得太远，在这里，除了健康，还要什么呢？许宝仍处于自己人生的黄金时代，想吃想穿想爱被欲望纠缠，还能在镜子里看见自己明媚的双眼和尚未太松弛的身体，还能矫情痴缠，但是已经到了能够反思的年纪——黄金时代的后半段。以前她总觉得王翰稚嫩简单不精于思考，但也许在这里，王翰能看到别的。人生并不会永远生猛，病痛苦难令欲望变得虚妄，对很多人而言最终需要的追求的也许就是生存与平安，而她，已经是天之骄女了。

　　"你爱我吗？有多多多多多爱我？"当年她大声快乐地问。

　　"想爱一辈子，爱到想死！"当年他大声而忠诚地答。

　　从口中跃然而出的语句，比起现实生活着实简单许多。原以为瞬间便会是永恒，但后来，她便率先逃脱了。

　　当年的快乐被其他的快乐给替代了、覆盖了，还留有那么一丝痕迹，或者，当你想到快乐这个词的时候是否就已经不那么快乐了？

决定飞回来的时候，她有很多问题，关于他的感受，他的爱，关于那个姑娘，甚至，还有不平，还有潜伏心底的掠夺之心——她希望他爱她是永远不变的。可是到了这里、这一刻，似乎都不那么重要了。

房门开合之间她隐约看见了王翰的侧影，那个愿意接受平凡生活的侧影，被几个病人围着，她还在等待那个指尖瞬间酥痒的感觉——独独属于她与他的感觉，但是很快，门关上了，又看不见了，神经末梢没有感觉。

在这样开门、关门、开门、关门的一个个片断中她默默注视着他，就像她站在角落满怀愤怒地注视 Max 一样，出来混都是要还的，在他们深情地在意她关爱她之后，她把自己的感情倾注了回去。

王翰有谦和而平静的神情，还有她喜欢的样貌，略微发胖，成熟了，但和 Max 相比还是稚嫩的，她发现自己其实没有真正端详过他穿白大褂时的样子，以往她似乎从未对此感兴趣——她没有真正地爱过他的全部。在招呼病人转脸之间，他的眼神甚至要与她相遇，但是，没有。而她想要与他相遇相聚、求证、确认的念头并没有她想象的那样强烈，或者说一点都不强烈——他们已经不是一个世界的人了，"啪"一声，她早就开球把它们打散了。天真毁灭之后，她回不去了。

就这样坐了一会儿又或是一个下午，她离开了医院。

傍晚的阳光伴着些许灰尘照得城市雾蒙蒙的，有一种温暖的气息。几个穿校服的中学生从她身边跑过，追赶刚刚靠站的公车。看着他们半挂在胳膊肘上的书包，许宝想到自己。那时候乘车，她似乎经常站着，却没有在北京的疲惫与难熬，书包里的面包夹红肠或者果酱三明治鼓舞着她上学的欲望。

那是妈妈的爱心便当，虽然妈妈并非善长家务的女人。那个时候他们一家三口都很忙，她和爸爸临出门时，妈妈总会说："宝贝，晚上见。"或者"老许，晚上见。"那个窗前的温柔剪影是她心中不可磨灭的印象。

妈妈就是林果暗恋成昊时许宝口中那个有行动力的女人，在看见老许第一眼之后，她让他成为了自己的丈夫和许宝的爸爸。

后来，许宝上了大学，去了北京，后来，某一天，老许在会议桌上突发心梗，再没有回来。

几年前妈妈有了新家，她有了继父，搬离老房子以后，许宝也不经常回家了，王翰成了她的家。

但她们会时常通电话，哪怕她已偷偷来到东北的地界上。

许宝不是一个在学业事业婚恋问题上需要家人操心的笨姑娘，通常做这样女孩的妈妈比较省心，所以只有她诉说心中郁结的时候，妈妈才会说："完美的伴侣是极少极少的，至少我这辈子没有见过听说过。宝贝，你不要做月亮，一个劲绕着太阳转，要做太阳，这样才能真正开心。"

这是一个睿智母亲的方法论，正确、管用，起码令她判断出王翰最终成不了自己的太阳。关于 Max，妈妈又说了这样的话，意义又有所不同，虽然许宝此刻身在家乡而没有回家。

和 Max 没有短信，没有电话，沮丧煎熬着她，她觉得自己好像迷失了。这几个月，她似乎忘记了事业野心，当年渴望站在北京繁华高楼顶端的豪言壮语。在极度渴求吸收和反射爱情光芒的时候，自身的亮度变得极度微弱了。突然，非常想回北京，回京以后，她要做的是联系 Jeffrey、Larry 或者其他人，谈谈工作的问题，事业发展必然带给自己另一种愉悦，至少，当世上所有男人都靠不住的时候，还能拥有事业。当然，一旦散发出光芒，对于漂亮姑娘许宝来说，老男孩，或者世面上的优质男人仍将、必将是属于她的。

于是她有了勇气和智商去面对北京的一切。

正朝宾馆走，林果的电话来了："你什么时候回来？"

"明天。"她在宾馆玻璃窗前端详自己的容颜。

"得告诉你一个非常坏的消息，中午我在金融街见到了 Max，迎面打了个招呼就闪了，是不是穿帮了？"林果在电话那头说。

"他跟谁一起？"

"并没有。"

玻璃中的笑脸凝固住了，她的毛孔像是突然都收缩起来，血液往一个方向涌。"姐姐！没事去什么金融街呀你！"再大的声音也不能表达她此刻的惊骇。

"我去喝咖啡呀我。"

毕竟不是二十岁，五秒钟后，许宝平静下来："甭再往回想了，没用。天塌不下来。"

挂了电话她开始想办法，她向来以机智著称，虽然巧言令色、用一个谎言去掩盖另一个谎言并非她不擅长，但想了一圈之后，有些徒劳的意思，造假补救不是好方法。许宝从不是盲目乐天派，从面对王翰到面对袁威，再到Max，危险游戏中的穿帮戏她在假想中都演示过，哪怕是被捉在床，演示中的许宝都从容淡定，她会悠然地整理好衣服，轻抬眼皮，平静地看着对方：好了，你知道了，接下来呢？

最坏的结果都没关系，从老许离开的那刻开始，她就一遍遍地灌输给自己。何况这次，她什么也没有做。

但是买好那张回北京的机票之后，她还是失眠了。

回到家，玄关的灯亮着，站岗的玩具恐龙还立在自己的一堆鞋旁边。如果没有猜错的话，Max 在家里。

家里很干净，像是刚刚打扫过。许宝拎着行李走进去，看见 Max 坐在书房里。

她轻声地打招呼，故作镇定地往卧室走。

他没有回应。

许宝判断着形势，静静地拿出换洗衣服走进浴室直至擦干自己吹干头发，无所事事地坐在床上，偌大的空间一片沉寂，半个小时里他们没用任何交流，就像各自生活在不同的世界。

坐了一会儿许宝下床穿鞋，轻轻走到书房门口。他像日常上班似地坐在书桌前，感觉到她来了，抬眼看着她。他黄黄的皮肤干净清爽，头发比往日整齐，似乎梳好了就是为了等待她，平和的眼神一如既往，区别是那里面没有笑意，许宝第一次在里面读到了"失意"两个字。她没有遇见过他这样的眼神，触碰到的一刹那，她失去了底气。

默契的情侣不需要言语表达，在那一刻许宝知道他和她之间的磨合已经到位了。他们这样相互看着，一言不发，Max 的眼神里没有怒气，却有一种令人难熬的审视，审视得她无所遁形。慢慢地她有了一种预感，虽然这种预感在回来之前她设想过，但真实出现时她还是感到了结结实实的心慌和害怕，他的看低和失望鞭挞着她的心，她的心很难过。

"能解释一下吗？"他低声问。

她不说话。

她继续沉默，等待了苍白的几秒钟之后，勇气和胆量似乎又回来了："是的，我回去看了老朋友。但不是你所想的那种。"

"这不是第一次，对吗？"Max说。

"没有。"她下意识地否认，试图用惊异和真诚的眼神看他，对于绝大多数人而言，否认和狡辩是必然选择。

"公司最近很缺人，所以几个月前，我们加紧组织了两个部门的面试。当时我见到一个人，他叫袁威，你们约会过。"他一边说一边注视着她，"我以为他想回巢，但事实上聊得很不愉快，当他坐在我面前的时候我知道他对我依然有敌意，我想他不是真的来应聘的，他自己可能都没有预料到。你知道他临走说什么？他问我了解自己女朋友什么样的人吗，哈，我居然需要一个眼带恶意的家伙来提醒！而你又做了些什么？"

"我只是回去看看，仅此而已。"

"是吗？那个人比你的母亲都重要？我们的生活中一直有这么个人对吗？"Max继续冷静地看着她，"我知道你和袁威是过去式，我并不相信他，可是现在，更不相信你。你想做什么呢？报复、抗议，还是习惯性欺骗？我就这样跟一个经常撒谎却总是怀疑别人撒谎的人在一起？"

他站起来，向外走，不再看她。她追到客厅，看着他准备出门的背影。

"是，我确实不算多好的人，不是白雪公主。我骗过你。但是不管你相不相信，这次我没有背叛，我没有做，而且在这刻，我是抱着想跟你在一起的心回来的。我想说，我爱你！"泪眼婆娑中有一种如释重负的感觉。

"我爱的是你。"用手擦掉嘴边的眼泪，那一刻，她真是那么认为的。

他迟疑了一下，然后离开了家门。

解释不好了。他的反应，和她的应对，证明了他不是王翰、袁威或者其他，他是 Max。她跟王翰，他跟 Wendy，成了一团无法厘清的棉絮，不管是行为还是心理，她都没有主动权去捋清楚了。

二十五

马南终于回到了北京，他又黑了，与此同时，牙和眼睛被映衬得更亮了。

"我以为你不回来了。"林果说。

马南坐在沙发上没有说话。

拥抱一下，像好朋友久别重逢一样？她心里想象，但发现肢体没有意愿。那么，两个人说什么呢？

林果的脖子僵着，每转一下都特别酸痛——由于忙碌和思虑，她又失眠了，还落枕，但她没说这个，她说自己跟总经理建立了一些联系，按照她猜想的剧情走下去，她会独立，而独立以后也许会撬走老方一些客户。

"你觉得呢？"她内心的不确定和不安需要他给予抚慰。

"我不喜欢你急功近利的样子。"他却批判了她，"穿着打扮越来越时尚了，能认出更多名牌了，能出入那些大楼了，又怎样呢？你越来越像老方了。"

像老方怎么了？老方是这个社会里人们认可的榜样。心里的声音对她讲。

"站在这个城市的高楼里，爬到职场的一定位置，感受这种所谓成功带来的物质快乐精神快乐，不甘于平庸，这叫有理想好吗？"她反驳他。

两个人像辩手一样对坐在沙发两头，曾经多么亲密呀，却再也没有欲望和情绪。

"你要的成功，后面是什么呢？我们大多数人，为了拥有几十平米几间屋子、银行卡上的一些数字，或者为再扩充几间屋子，将数字后多加几个零，把周围人和自己安顿好而奋斗终身，并以此为傲，这时候我们拥有和想要的都已经成了枷锁，你不觉得吗？或者换一种说法，你说这叫责任。如果有些责任不能放弃，起码我有权利选择在哪里，以何种方式完成它。"马南说，"你不能理解我。"

"你知道么？从某一天开始，我发现自己跟小时候不同了，跟二十岁时都不同了，以前，我是个吃货，而现在，就算面对山珍海味，舌头和胃都会告诉我，吃对于我来说只是一种内心感受。还有性。最本能的东西已经不能打动我了，意识到这些让我很伤感，因为它让我觉得自己变老了。现在，只有成功这件事、名利这些东西让我还有感觉，还能蠢蠢欲动，还能为之焦虑，我怕再没了感觉我就可以不用活在这世上了。你又能理解我多少呢？"林果说。

责任可以选择吗？他在离开的日子里想了很多。理想跟欲望可以分开吗？她也想了很多。通俗地说，他不想在钢筋丛林里努力了，名、利非他所欲，他厌恶压力。而她呢，她想在钢筋丛林里努力，金钱、地位、成就感她都想要，想要的时候，她并不开心，而当发现自己的男人不能一起努力时，就更难过了。

一个逃避压力的男人，和一个急功近利的女人。所以结局是必然的。

"我要走了，去一个想待的地方，找一个愿意跟随的姑娘。"他说出了这句话。而她也料到了，或者说在等待着。他们之间的缘分，也许在那个在萨拉一起看星星的晚上，便已经注定了。

她跟许宝一样又去看那出戏了，剧院的中间位置，坐着一个落枕老不好的歪脖子女人。

台上那个男人死死地抱着女主角，爱情似乎深入骨髓。

听着那些表白，她有点眼眶蓄泪，但并非真切感动，是观众在特定场合下的某种不由自主。以前她挺感动的，但没哭成许宝那样，她会忍住眼泪。那时她二十一二岁。之前那些暗恋、明恋，恍若隔世，不知道怎样产生而又如何结束，反正，就是那样产生和结束了。年少时孜孜以求的东西，爱与被爱，奇妙而令人陶醉，又也许都仅仅是用以迷幻自己的东西，那些情动的瞬间、苦乐的历程，如同旷野中的迷雾，散尽之后，什么都没有。

剧场外面下雨了，空气中都是尘埃被拍落的气味。雨不密，但是雨点很大，跟随人群冲进地铁站的时候她发现，仓促之间她就把感动给忘了，在雨里，没有伞的时候，跑才是唯一想做的事。现在她更理性——傻呀，这都是女编剧编的，想象。

但是没有这些，生活的趣味又在哪里呢？

难道是那些职场斗争吗？

马南走后，林果的战斗力减退了，对新开团队的渴望也不再那么热切，可能她预感得到，该来的会来，她不是没有时间。她抽屉里放着马南寄的明信片，上面写着："我在拉萨。"她的好朋友，似乎带走了她身体里的一些东西，让她变轻了，或者，离开他以后，她不需要为两个人的未来焦虑了。

然而生活动力似乎也少了。肌肉又松弛了，在她慵懒地减少了健身之后，购买欲呢，也减退不少，跟体内荷尔蒙的高低一样。一阵一阵地。

有点丧气没有斗志的时候她翻佛经，上面说：色如聚沫，受如水泡，想如阳焰，行如芭蕉，识如梦幻。意思就是身体、感受、想像、行动、认识，这些都不是真的，别太在意。但又如何不是真的呢，人无时无刻不跟聚沫、水泡、阳焰、芭蕉、梦幻在一起。

"你不是个进取的姑娘。"

"我不喜欢你急功近利的样子。"

两个声音对她讲。

妈的，到底想闹哪样？老娘独行在自己的路上。

她还保持着跟总经理偶尔一起喝咖啡的习惯。聊完以后，她把自己淹没在会议室和办公室里。

"我们发现方总对公司的贡献并没有我们预想的多。"总经理说。

是的，公司里的那些传闻，她知道，关于灰色收入。这是个困扰中国人的普遍问题：一个工薪族，爬得再高，也无论如何追赶不上不断翻腾的房价与欲望，永远追不上。她心里无数次问过：谁能甘心？如果不甘心，有人会怎么做呢？

"你觉得呢？"总经理说。

不甘心啊，可是打心眼里并不喜爱蝇营狗苟，真纠结。

总经理问的是另一个问题，关于老方，方总。

她怎么会没有感觉？在脑海里把项目表往前翻，她已经能从这几年的各色项目里看出来了，某些的项目的报价跟成本之间，除了公司盈利之外，大概还有几万几十万的差价，这些部分去了哪里，可能只有老方知道。这就是一个吃差价和返点的行业，区别在于这些东西进了谁的口袋。agency（中间商）的赚钱法则，现在她了然于心了。

购物中心的咖啡馆里，人造光线幽幽地投射在人身上，补偿外部天气的阴暗，男人女人们坐着，要么凝视电脑，要么相对交谈，一看就知道，谈生意、谈工作，如同这个世界有无穷无尽的生意无穷无尽的工作……在悠闲散淡的地方，咖啡馆被用来消磨时间，但对大都市里很多中国人来说，它并不是。林果坐在沙发上，回味刚才那口咖啡，那与之价格相匹配的味道，红酒、糖浆、甚至还有一点点烟草的余味弥漫在口腔里。新团队的主管职位像不远不近的胡萝卜挂在半空中，那东西存在吗？那是她的吗？经历过职场历练的前辈横亘在她和胡萝卜中间。她静静地注视眼前这个工于心计的女人，是的，就是眼前这位总经理，一个有着多年工作经验的外企高管，在若干年前的职场斗争中与好朋友反目成仇，现在她说站在窗前偶感孤独。林果现在也不止一次地站在窗前了，窗外的景色是什么呢？

她和总经理对坐在咖啡馆里，身旁的洪流中，太多类似故事在上演。生活就是这么流淌的吧？一个人如果不是在拉萨、大理，或是某个想象中的世外桃源，该怎么逃呢？

"来到一个更大的地方，过更好的日子！"沉默的时候老方的圆眼珠冲进她的脑海，当年他问他们需要北京的理由。有趣啊，胖头鱼一样的老方，他的神情，可笑又可爱。当年她是从失恋泥淖中往外爬的菜鸟，他是引她入行的老

　　　　　　　　　　　她们说

鸟,他是她的师傅。

她想到了当年的黄老师,那个懂音乐的官员。

"天气真糟糕啊。"林果又喝了一口咖啡,看见了自己留下的口红印。

二十六

傍晚的国贸三期顶层餐厅,许宝赶到的时候 Max 已经坐在那里,一个临窗的位置。

是她一直渴望登临的地方,喜欢的位置,那种喜欢甚至在电梯里她都能回味出来。真正上来之后,在这个年纪这个时刻又有了新感受——也不过如此——可能迪拜塔更好吧。但她知道那是一种信念,人生非得有不行,否定它,就如同认可前面那些生活毫无意义。

窗外北京的夜一如既往地灰,只是灯火让这个城市比白天好看一点儿,不管是长安街上的宾利还是 QQ,都已经看不见了,就算是晴天的时候,也顶多是无法分辨的蚂蚁和小光点。镜头拉得远而又远,还模糊不清的时候,什么都慢了,小了,没了,混沌不已,长安街都消失了。

第一次来不是这样,还能看见很多,他第一次带她来的时候,她像个孩子,整晚沉浸在喜悦里,她使劲向下张望,仿佛视线再往下穿透,就能看见几年前的自己——那个仰望大厦想见见世面的丫头。

几年后，那个丫头的小脸被新的面貌所覆盖，又过了几年，面貌又变了——奢侈品公司的工作邀请发过来了，她以魅力和经验挤走了竞争者。

　　Max 的面貌呢？还是那个中年男人的面貌——蓬头，穿着随性的 T 恤。他换了一付镜框，稀疏的睫毛依旧配合着专属于他的神情，还有不太宽阔的肩膀，不那么健硕的肌肉。很顺眼，她看着他——一个人的才智，是他身上最性感的东西。当一切都极其顺眼的时候，也就是他快要不属于她的时候了。

　　"很有趣，曾经，我一度的梦想，就是在北京这个最高的地方俯瞰下面。是你帮我实现了它，Max。"许宝说。

　　他平静地看着她，就像外面凝滞的空气，平静得让她读不出这里面究竟有没有愤恨、轻蔑或者怜爱、不舍，好让她在解码之后有下意识的应对。他没有表情。许宝也放弃了对表情的操控——她熟悉的那些小把戏，她不需要那些了，或者他们之间不需要。沉默的张力让两个面无表情的人悬浮在八十层高空中。

　　"我想跟你在一起。"两个月前她满怀深情对他说。他没有回应。他问了她一些问题，她也问了他一些，然后给彼此放了大假。

　　他依然爱她，还是不爱了，不够爱了，这是她想知道的，他想跟你在一起，还是不想了，不那么想了，这又是另一个问题。多年以前问过王翰"你爱我吗？"以后，她便下决心不再问这些傻话——除非是有心情表演，所以这些问题两个月前在她胸口，没有说出口，现在，还在那里。但是，在她心里，这些问题，似乎比他们能不能继续在一起更重要。内容永远大于形式。

她暂时放弃了击球，球在他那里。

Max 认认真真地把牛排切成小块，似乎这就是他全心投入要做的事，切着切着，忽然吸了口气，淡淡地说："也许十来年前有过，这些年不常有，但最近我有一个感觉——我想换个地方。"

她没有问台北还是纽约，或者，只是行业里的一个跳跃。

"我想跟你在一起。"许宝又说了一遍。

他依然没有回答。

还在等 Max 击球的许宝坐在林果车里，两个人都消瘦了，都说瘦是美的源泉，所以看上去更美了，但只有自己知道什么在逝去。

"我觉得我的脸颊比起去年略有一点点松，或许再过几年咱们就需要医疗美容了，"许宝揭开口罩，翻下化妆镜端详自己，"水光针、超声刀，还是热玛吉？"

"东北大拉皮儿吧。"

许宝继续仔细地端详自己，看到胶原蛋白就跟流沙一样已经找到指间的细缝，想要慢慢溜走，还有那眼神所散发出的电力，流转灵动的艳光，也正开始逐步失去些光华，所以，人必然从某一刻开始失去青春直至完全告别，没有任何人能逃得了。但是，青春流逝又没有那么困扰她，一个都市爱美女青年——就算到四十岁也还是青年，她在有意识地hold住啊，而且hold得很好，中年到来也许是一眨眼，但现在离她还有点儿远——她是决计不让中年过早来临的。

"有情伤吗?"过了许久林果问她。

"你说呢?"许宝回答。

林果继续看路。如此宽阔的路，几乎永远浩瀚的车海，这世间也是少有。车在浓郁的雾霾里披靡，车载净化器的蓝灯闪烁着。窗外，中国国际贸易中心、中国大饭店、DOLCE&GABBANA、Cartier……红的、白的霓虹招牌在灰暗中顽强地亮着，它们是亮的，就算在灰暗的天地里，也依然投射出魅惑的吸引力，彰显世界的繁华一面。当初为此而来吧? 然而人生又有多少时候，是在这样的地方待着呢? 或许从来没有过。这么大的城市，许多东西在建，又有许多东西轰塌掉了，妈的，轰塌掉了。反正，跟原来想的不一样。

"你有时候会不会想，也许马南的选择是对的?"又过了许久许宝问她。

"你说呢?"林果回答。

毋需多说，尽在不言中，于是车里的歌声清晰了……

不知道是歌声触动人，还是外面的天气压抑人，不说话的时候，有那么几分钟两个人都有些伤感，又都控制住

　　　　　　　　　　　她们说

了，用余光感受一下彼此——口罩下面跟许多人一样面目不清的脸，再看看路——灰气从上到下地连成一片，仿佛什么大难快要来临，整个城市都病了。

"唉——"对污浊空气的厌恶裹挟着深深叹息。想念起以前北京的大风，好怀念啊——隆冬之际带着砂土，清明时节裹着杨絮。

"还算不错了，以前你没有小轿车，现在还有很多人无车可躲。"这是许宝的良好心态。是啊，就像好多年前她们从城里回学校，乘完地铁还得坐小巴。

"师傅，前面踩一脚嘿。"当时下车是这么叫的，后来的人可感受不到。在记忆中翻找到之后，心中还能冒出得意的花。

当然，还会碰见特别倒霉的大晚上，师傅的脚怎么也踩不动——小巴抛锚了，没有出租车，没有黑车，两个女学生在大风里走回学校。

那时候从地铁站到学校有七公里路，回想起来有那么些不可思议。那些记忆是真的吗？在那个风从四面八方刮来的晚上，在那个杨树、柳树、灰尘、杂物群魔乱舞，整个城市都疯了的晚上，她们是怎样走的呢？她们在漫长的路上偶尔会想什么呢？已无可考证，但又是可以推断的，也许是"王翰真帅，我好爱他"，或者是"以后我要像时尚美剧里的熟女们一样活得潇洒"……

风真狂暴啊，她们走了七个公里。

"你知道那时候咱俩被吹得像什么吗?"林果说。

"像什么?"许宝忘记了。

她们真可爱啊——年轻的女孩子意气风发,美丽的头发在空中飘散,像两只福娃。

后记

一位图书产品经理对我说："这本书主观性比较强。"一位老教授对我说："男性角色的感受和思想缺失。"

我承认，他们说的对。同时我又为自己解释："我就是这么写的。"

为什么这样写呢？我找了找原因。

几年前，我买了本挺红的男作家的书，看完以后，突然迸发一个感受——原来男孩是这样的，原来男人是这样的，前面我都白活了。

那是一部极具自传色彩的小说，讲述一个十八岁小伙子的青春骚动。而我心里说那句话的时候已经三十出头了。

这个故事除了证明我不大聪慧之外，也似乎证明我前面的许多文学作品白读了。我读过不少作家对青春的描绘，也读过不少男作家对青春的描绘，或者说我浏览过不少，现在想想，我并没有完全看明白，我囫囵吞枣般地，过眼就忘了。

其实太多人那样写了。那么，为什么那部小说让我有了那样的慨叹呢？我想，是因为作家站在自己的立场，写得大胆、细致、完整、毫无保留吧，同时，也是因为我变成熟了吧。

我想我是不懂男人的，起码在产生这个想法之前，我甚至没好好琢磨过这事儿。以己推人，同样地，我觉得，大多数男人也是不懂女人的，就像网上一篇热门帖子说的——男人不懂女人为什么要买那么多口红。这件事他们不懂，我想，别的大概也懂不了多少。于是我想写写女人，写写这个物欲横流的社会里女性的成长过程。

怎么写呢？

当然站在女性的立场写。

不知道从哪一天起，我有一个非常顽固的认识：男与女的体验和认知之间有着天然的屏障，这个屏障就是他们的身体。你没有他（她）的身体，如何真切地拥有他（她）的体验呢？所以人的感受注定是不完整的。于是，我在小说里写了一句话——"所有对他者的体会都是无限接近真实的真实。"对异性的体验认知，永远也无法真的达到那个真实，真的。

基于上面的理由，我愣头愣脑地决定了，我要这样写。在我的小说里，我回避了对男性感官和心理的直接描绘。

首先，我不能确切地感知，所以我无法保证那是真切的。自己都觉得不真切的东西我不写。其次，我认为他们不那么重要，他们是配角、客体、陪体，他们是我的女主角们所面对的这个世界的一部分，而已。这个立场有点儿女性主义。

后来我发现，我故意夸大了"他"与"她"的认知差别，我有点儿过分在意这件事了。

去年初夏，我回扬州听了一场文学讲座，讲座过后，同几位老师在东关街上走。那天下着小雨，我跟在毕飞宇老师后面，问了几个问题。

首当其冲就是关于体验和认知的——你没有他（她）的身体，如何真切地拥有他（她）的体验呢？

子非鱼，安知鱼之乐？安能知之甚深？

毕老师回答得挺简单：差别并不仅仅存在于男人与女人之间，差别存在于每个独立的个体之间，而大多数时候，有一种东西叫做"人同此心，心同此理"。

既然作家可以尝试体验与这个女人不同的那个女人，为什么不能尝试体验与这个女人不同的那个男人呢？

他说的没错。但我心里也有我的反驳。

我又问了第二三个问题，他的回答有出乎我意料的地方。对话我已经很难复述，但我记得在那一刻，在我走在石板路上的某个瞬间，发觉自己其实非常迂腐，用更贴切的家乡话来说，叫做"迂"，同时也想起看电影时遇见的一个道理——一个演员被称作好，是因为他有能力，让观众觉得他演得好，而不是因为有一把精确的尺能衡量他。作家亦是如此。

再回到体验和认知的问题。就在上个月，在北京，我听毕老师又回答了一次。我想他已经回答了很多次，而在这次的回答中，我听到了一个迫使我重新思考的道理——揣摩、描摹不同人物的情状，是一个作家的本分。

"本分"抓住了我。都说到本分了，还有什么理由畏难呢？我终于认清我回避某些东西的另一部分原因——我的懒惰与讨巧。

其实，这算事儿吗？它可能根本也不是什么事儿。但是，就像木匠、漆匠、泥瓦匠做活一样，活计落实到具体操作，任何不起眼的事儿都成了事儿。而思考这些问题，也是一个作家的本分。

当然，我也没法把我的小说推倒重写，尽管在翻来覆去重看时，有那么几回想将它毁掉。我还是让它进入了出版环节。我很懒惰，我也没有勇气，我觉得一旦将它推倒，那些我引以自豪的部分，哪怕只有一点点，也将随之灰飞烟灭。

这种心情，我以前在很多地方看到过，很多前人经历过，而当我实实在在体会到的时候，内心非常感动。了然，了然，我终于亲身体会了，我懂了。

虽然性格里有"迁"的成分，但大部分时候我还是一个非常随性大而化之的人，所以我甚至好久都不看我的小说，放手让它成书了。而且我觉得，经历了这一次以后，遇到下一个具体情况时，还是得选择那个自己觉得最合适的方式来写。

说了半天像是又回到了原点，但是，它是跋涉一圈以后回到原点。跋涉过后，我还是那个我，我又不是原来那个我了。

2017.3.15

图书在版编目（CIP）数据

她们说/姚皓韵著. —上海：上海三联书店,2017.6
ISBN 978 - 7 - 5426 - 5919 - 4

Ⅰ.①她… Ⅱ.①姚… Ⅲ.①长篇小说-中国-当代
Ⅳ.①I247.5

中国版本图书馆 CIP 数据核字(2017)第 110794 号

她们说

著　　者 / 姚皓韵

责任编辑 / 彭毅文　郑秀艳
装帧设计 / 汪要军
监　　制 / 姚　军
责任校对 / 张大伟

出版发行 / 上海三联书店

　　　　(201199)中国上海市都市路 4855 号 2 座 10 楼
邮购电话 / 021 - 22895557
印　　刷 / 山东临沂新华印刷物流集团有限责任公司

版　　次 / 2017 年 6 月第 1 版
印　　次 / 2017 年 6 月第 1 次印刷
开　　本 / 889×1194　1/32
字　　数 / 120 千字
印　　张 / 7.25
书　　号 / ISBN 978 - 7 - 5426 - 5919 - 4/I · 1242
定　　价 / 28.00 元

敬启读者,如发现本书有印装质量问题,请与印刷厂联系 0539 - 2925628